U0727338

当代诗人

在梦与醒之间

DANGDAI SHIREN

2017 ▶ 第**2**辑

主编⊙毕福堂

西南师范大学出版社
国家一级出版社 全国百佳图书出版单位

图书在版编目（CIP）数据

当代诗人·在梦与醒之间 / 毕福堂主编 . —— 重庆：
西南师范大学出版社, 2017.10
ISBN 978-7-5621-9043-1

Ⅰ.①当… Ⅱ.①毕… Ⅲ.①诗集－中国－当代
Ⅳ.①I227

中国版本图书馆CIP数据核字(2017)第248777号

当代诗人·在梦与醒之间

DANGDAI SHIREN

ZAI MENG YU XING ZHIJIAN

毕福堂　主　编

责任编辑:张　昊　李晓瑞
特约编辑:刘金山　林　平
封面设计: 言音文化传播有限责任公司 TANIN CULTURE COMMUNICATION CO., LTD · 张晗
版式设计:郭雅敏
封面题字:龙得胜
照　　排:重庆大雅数码印刷有限公司·王　兴
出版发行:西南师范大学出版社
　　　　　地址:重庆市北碚区天生路2号
　　　　　邮编:400715
　　　　　网址:www.xscbs.com
　　　　　市场营销部电话:023-68868624
印　　刷:重庆市正前方彩色印刷有限公司
开　　本:787mm×1092mm　1/16
印　　张:8.25
字　　数:190千字
版　　次:2017年10月　第1版
印　　次:2017年10月　第1次印刷
书　　号:ISBN 978-7-5621-9043-1
定　　价:35.00元

编者的话

这本《当代诗人·在梦与醒之间》出来的时候，已是深秋了。

一如一片片调色板似的彩色原野，这本小小的诗歌读物，颇有点缤纷繁复、精彩纷呈的味道——

《好诗欣赏》从栏目设计上排在了最显要的位置，它要怎样愉悦我们的眼球，读者先睹为快；

《特别推荐》汇聚了几位较早成名的诗坛名家的作品，读来给人一种成熟、大气之感；

《实力方阵》展示的是国内一批中青年诗人的力作，他们的作品代表了当下诗坛的创作水平；

《巾帼风采》中，几位当红女诗人的作品风采卓越，柔美温润；

《诗意常州》，汇聚了二十余位诗人的最新诗作。字里行间，涌动着他们澎湃的激情；

《诗人与家庭》颇受关注：那些成名的诗人背后，有着怎样鲜为人知的家庭、生活、情感的故事？

《星光闪耀》给人启迪、遐思、振奋、激励；

《谈一首诗》从某个角度窥探一首颇受欢迎的小诗的具体构思过程；

《当代诗人剪影》展现诗人们小巧、精致的诗作、诗观及亮相镜头；

《创作谈》是诗坛宿将创作经验的珍贵袒露，多少启发、借鉴尽在其中；

《诗学纵横》是诗坛评析与鉴赏的平台，这里，几位评论家不同的风貌尽情展示；

总之，这本诗歌读物中哪怕有一行半句的小诗或词语让你得到了些许的慰藉，都将是对我们最大的犒赏了。

毕福堂

2017 年 9 月 10 日

目 录

诗人：张执浩
诗作：《高原上的野花》
解读：小引

张执浩　1965 年秋生于湖北荆门，1988 年毕业于华中师范大学历史系。现为武汉市文联专业作家，《汉诗》执行主编。主要作品有诗集《苦于赞美》《动物之心》《撞身取暖》《宽阔》和《欢迎来到岩子河》，另著有小说集多部。作品曾入选 200 多种文集（年鉴），曾先后获得过中国年度诗歌奖（2002）、人民文学奖（2004）、十月年度诗歌奖（2011）、第 12 届华语文学传媒大奖年度诗人奖（2013）、首届中国屈原诗歌奖金奖（2014）等奖项。

高原上的野花

张执浩

我愿意为任何人生养如此众多的小美女
我愿意将我的祖国搬迁到
这里，在这里，我愿意
做一个永不愤世嫉俗的人
像那条来历不明的小溪
我愿意终日涕泪横流，以此表达
我愿意，我真的愿意
做一个披头散发的老父亲

我喜欢不可思议的诗，正如我喜欢那些突然出现在我眼前的雪山一样。这喜欢不需要什么知识和观念，就好像本来不应该看到的这个完整世界，却被我突然在另一个地方，比如在一首诗中看到了。这是荒谬的，但这又是真实的。它总是不经意就让你的心理期待落空，总是让你惊异，措手不及。这肯定不是一个悖论，其实，这只是一个不寻常的真实。

张执浩的这首诗，正是让我看到了这样的不可思议。

我发现，所有杰出的诗都有一个相似的地方，即它们不是现实世界或者心理世界某一个片段的代表，而是另外制造了一个独立完整的世界。这个世界有着仅仅属于它自己的逻辑和存在方式，一旦你想靠近它，进入它，就不得不换一个心灵去理解它。

当代诗歌写作中一个很重要的特点是，创作不是对事实的再现或者对心理和观念的表现，作为表达的现实主义艺术观正在逐渐被取代。在这里，我不是说诗不允许现实主义的表达，事实上诗歌允许任何的方式和花样，但诗的存在，不是为了这些。从批评的角度看，那些主要或者首先或者只关注作品中哪些能够被解释为对固有的事实再现的企图，哪些东西似曾相识能够引起情感共鸣的想法，实际上就是对艺术本身没有感觉，没有对感觉的感觉，说轻了，就是缺乏能力。当然，这仅仅是能力问题，绝对不是错误。所以，我们需要另外的心灵来进入诗人为我们创造的这个另外的世界；所以，我反对那种忽视艺术创作的体验性而一脑袋扎进去追寻这个东西是不是，是什么，其实是什么的搞法。好像每一首诗背后，总得有个遥远的影子在那里徘徊似的；好像我们对诗的需要主要是想"知道"作品描写了我们的哪些情感和心理，或者暗示了诗人的什么意义企图、什么价值功效、什么重要性似的。

诗，必须是不可思议的。正如张执浩的这首诗，从一个烂熟于世界人民之心的简单比喻"女人一花"，开始反拨，让我跟随着他，去体验那种本来不可能体验到的世界的完整性——做一个披头散发的老父亲。诗的精妙之处并不在那些词语上的隐喻、转喻，而在于他举重若轻般地在八行诗内，在一个非常有限的世界里，把我们不可能经历的真实世界的完整性，全然调动起来了。而且，诗人并不打算在诗中迎合读者的期待，而是想办法以回避的方式挫伤它。这是一种非常有魅力的感觉，诗在这里自己成了一个独立存在的东西，而不再是为了表现别的东西的东西。

诗人是感性的，而感性在我看来，是不同于思想的另一种精神。但这些，对诗人来说似乎都不重要。重要的是诗人在做，在用肉身思考。在他的眼睛里，野花、咸鱼、大白菜可以写成诗，战争、死亡、疾病、暴乱同样可以写成诗。因为他非常清楚地知道，诗是无所表达的、没有意义的，它才是有价值的。

在梦与醒之间（组诗）

谢克强

爱上一个写诗的少女

你从你的诗里走出来
洋溢青春的活力与诗的清新
以及花骨朵一样的嫩
悄悄走进我的眼睛

瞧你飘拂的长发
像是一种象征的语言
而波动在你明眸的灵光
有一种难言的美

倒不是你漂亮的脸庞
骤然让我怦然心动
少女的美貌与仪态万方
是可撩动男人的春心

倒是我在你的诗里
和你一见钟情　再见倾心
那鲜活的意象和语言的张力
摇曳着我的心

如果你爱上我的纯朴
我会交出我的坦诚
直到有一天　在爱的天地里
长出一片迷人的风景

今生最大的愿望
和你走在平平仄仄的路上

烛光晚餐

季节的蓝屋　炬光如豆
结在你二十三岁的枝头
情思　便在浓淡相宜的夜里
点亮你的生日

与你相对而坐
彼岸　已不再那么遥远
穿过梦的栏杆
烛光里　刀叉叮叮作响
发出暧昧的声音

让我斟一滴爱
倾在你玫瑰色的杯里
我知道　纵把一海的爱给你
也不会溢出你的酒杯

这时　你将汤匙递给我
被银色汤匙晃动的烛光
洞开我的心事
真想你的爱　如这灼灼烛光
照亮我生命的旅程

干　两只酒杯碰到一起
今宵　这酒怎舍得一饮而尽
不知谁说　人生的宴席
多是一座美丽的炼狱

合　影

远远看你
看你成一张春的风景
阳光里　一树樱花开了又落
你开在樱花雨中的笑脸
映入我的镜头

也许你不知道
你樱花雨中缤纷的微笑
以及缤纷的微笑酿出的神韵
如迷离的诗句
令我惊慕

抑制不住激动
我立好自动拍摄架后
匆匆走进镜头
伟岸而兴奋地站在你的身边
与你戚戚相依

多谢阳光与色彩
还有灵感与我的勇气
给我留下这瞬间的永恒
从此　你有了花的记忆
我有了雨的秘密

只惜没有佳处
悬挂这幅永恒的风景啊

距　离

离你很近
近得看得见你羞涩的笑靥
听得见你迷离的呼吸
你就近近站在我的身旁
站在一张照片里

日子渐行渐远
你也渐行渐远吗
远得如隔着万水千山
纵然我用白天与黑夜　也
丈量不到你的声音

是的　梦与醒距离很远
记忆与现实的距离却很近
近得使我一次一次
真切地感受那爱的磁场
加剧我的心跳

骤然加剧的心跳呵
震颤远来的风
风　忙着梳理距离
你我的距离
相隔的仅仅是时间吗

站在一张照片里
你我之间的距离很近
不知这距离
是一个春天故事的开始
还是一个谜的结束

来吧　让我吻你

记得那夜
当我疲倦地合上了眼睛
不知你从哪儿飘然而来
醒来　我还紧紧吻你

纵然　那是一个迷离的梦
可我又怎么能制止我的灵魂
不与你的灵魂亲密接触
何况　还有你那诱人的红唇

脸别涨得那样通红　好吗
请你抬眼环顾一下四周
远处的高山吻着蓝天
河里的波浪也拥着波浪

而翻飞的蝴蝶看见花儿
禁不住匆匆落下翅膀……
当你看见这一切的一切
心跳能不怦然加速

是的　我是有备而来
更想以极大的勇气和野心
冲破时间与心理的屏障
夺你少女的初吻

在这三月阳光的沐浴里
为什么不许我一个季节呢
来　别再扭扭捏捏了
将你的红唇压在我的唇上

一　瞬

其实　我想要的
充其量不过就是一个夜晚
或一个夜晚里的一瞬

也许　你也懂的
一个季节一瞬间匆匆来临
又一瞬间匆匆逝去
却让一片叶子　整整经历了
该有的一生

真想伸出比风还长的手臂
轻轻拥抱你
当我不眠的眼睛穿过天窗
天　黑得越来越沉越来越深
却裹不住我的心绪

来吧　到我这里来
只为了深深地爱一次
或者享受那一瞬间的温馨
我早准备好了一万吨的
放浪形骸

你知道吗
永恒将在那一瞬间沉寂
而语言的苍白与无力
又怎样表达那一瞬间的
幸福呵

我从未奢求你的一生
我想要的　只不过短短的一瞬
或许让我回忆一生

献给洛阳(组诗)

峭 岩

叩首龙门石窟

当历史的脚步停在伊河之岸
便有了石头的春秋
是谁，挥舞天锤
凿造了佛的图腾
有一条巨龙乘伊水之波
驾长风之翼扶摇万仞
横卧中原圣境

又是谁，趁暗夜偷渡
敲门撬锁毁我华夏尊容
一锤敲掉了我的耳朵
一锤敲瞎了我的眼睛
卢舍那——光明与福音的象征
竟然半山坍塌
碎成一地惋惜，一河惊梦

我的脚步从来没有今天沉重
我的歌喉从来没有今天噎声
诗人啊，在这里失语了
我还怎么昂然行走
我还怎么朝拜诗魔的大梦
这难道不是我辈的不敬

石佛，一向是神灵的化身
它由心灵雕凿

寄托人们的今世来生
手没了，心还在
形没了，灵还在
我抚摸斑驳残缺的历史
低首眼前潺潺的河水
远方，依然有神灵的闪动

白居易墓前

一首诗睡在这里
厚土埋不住它的火焰
一声是长恨歌的三千爱恨
一缕是卖炭翁的寒天长叹
一支是琵琶女的凄泣婉转
我的脚步有些迟疑
向前一步
就会踩踏大唐的长衫

你的梦是该在这里安息
高山拱卫，河水奏乐
背对蓝天，脚抵龙门
不是你选择了青山碧水
是青山碧水选择了诗人

天下诗人都应来过
让汗水滴落土地根除荒芜

让发霉的诗页重现光明
向你致敬之后
把伪善的帽子抛向伊河
带回诗歌的骨头

牡丹辞

不能再华贵了
在牡丹面前
所有的花
无语

脚步走向红
脚步走向白
脚步走向紫
脚步走向黑
没人走出颜色的绝地

在你面前
驻足，感动，流泪
缩回贪婪的手
倾倒爱情的心
男人规矩地站立
女人做回了自己

花有花的美艳
人有人的品性
每个人都可以绽放
我以诗的名义
放飞夜的星空

题牡丹石

肯定，先有石头
牡丹显灵了
飞进了石头
便有了活化石
一朵一朵芬芳在石质里
香液浸染着生命

它很美
青色的底
白色的花瓣
依次布陈
像姐妹拉手欢颜
说着史前的神话

绿岛请了两块牡丹石
他是以诗的名义请的
一块赠给了我
我从历史的一端接过来
置放在今天的额头上
那花竟然开了
在我沉寂的子夜

站进魏家坡的炊烟

我站进祖先的村落时
先人都走了
车辆，马匹，鸡叫，狗吠
街巷空空
只一群新人影影绰绰
追逐历史的昨夜星辰

我不去推开千户家门
我只站进魏家坡的炊烟
品一口乡野的滋味
从肠胃里品尝久远的背影
——勤劳的光荣

先人留下的何止房屋地产
我逗留在道里道外、堂前屋后
捡起一粒汗水
它晶莹剔透，无一杂质
滚落成一粒大大的太阳

诗的狂欢夜

今夜，花朵不再沉默
纵然在星空夜阑里开放
……
把华贵与尊严交给诗歌
把场地与时间交给诗歌
在这样的夜晚
骚动归于安详
在"红"的大度宏阔里
诗的火炬
由几个青春男女高举
照亮洛川

有一首诗来自绿岛的原野
有一首歌唱自峭岩的崖畔
这些没被霉菌侵扰的汉字
这些没被遗弃的诗行

被一位铁血文人发现
他认定诗的铁质因子
可以催生牡丹花艳
我们无须喝酒吟诵
更无半点虚假奉上
我们只有诗的良心
交付今天的夜晚

此时此刻
我落泪了
我低首叩问自己
我的诗健硕吗
我的诗有铁吗
诗的铁只有刀刃知道
我当何能之有
在声音的尾部我出发了
我跨上诗的鞍蹬
打马走过诗的草原……

2017年4月15日洛阳牡丹节归来

山西之旅（组诗）

台 客

过雁门关

山势高耸绵延
山风浩荡凄厉
连大雁飞越
都无奈地停下脚步叹息

像一夫当关的巨人
你矗立在两山之间的隘口
千百年来阻却胡骑南下
屏障了黎民百姓安全

时光的列车不断推移
如今走到二十一世纪
我们不再翻山越岭
你也早已退休

一条长长的隧道
贯穿了险峻的雁门山
我们搭车快速通过
啊！多好，和平的年代

再访平遥古城

三千多年前
军事攻伐的需求
一座仿寿龟造型的城市

开始艰辛筑建终于完工

高耸的城墙
锈蚀的弓箭与巨炮
我们站立城墙顶瞭望
犹可感受当年战争的肃杀

东大街西大街南北大街
街道规划整齐四通八达
寺庙镖局会馆商家应有尽有
家家户户大红灯笼高高挂

参观日昇昌票号
犹可想象当年汇通天下的辉煌
县衙署里县老爷已不办公
公堂上各式刑具仍令人不寒而栗

平遥会馆火炕入住
晋商乡音秀精彩
逛街购物询风探路
匆匆而来匆匆离开

2011年9月曾和几位文友造访古城，此次是二度
前来

游壶口瀑布

一大壶源源不绝黄河水
流至此突然倾泻而下
轰隆隆轰隆隆
发出了震天巨响

水珠飞溅处
隐约可见一道彩虹
迷迷蒙蒙如真似幻
让游客惊呼连连

空阔一望无际河床上
寒风呼啸凄厉
游客游兴不减
四处录影拍照留念

有当地农民大爷
牵着打扮亮丽的毛驴
做起了生意
天冷少有游客光顾

骑一次人民币十元
我主动上前询价
换装骑上了驴背
留一张难忘的回忆

太原的温馨

太原的温馨
是晋王*伉俪到旅店看我
携来了两大箱红枣与核桃

礼重情义更重啊

我们是多年老友
几次在诗会上碰面
交谈不多却心灵相通
诗歌是最好的媒介

晋王比我年轻
理想与干劲比我大
在振兴诗歌大业上
他时有新的想法

我们在旅店内畅谈
相约下次重庆见面
夜晚屋外气温零下十余度
室内我们的心却是热烘烘的

*《九州诗文》杂志主编毕福堂,因系山西人,在某次诗友聚会中,被戏封为"晋王"。

商震的诗（七首）

商　震

晚安，月亮

我是一截木头
躺在床上
就变成藏着火的炭
噼啪的响声
惊动了月亮

月亮在很远的地方
弯着脸
给我泼冷水
冷水泼到炭上
升起袅袅的云雾

哦，月亮
我不会让自身起火
也不会烧到你身上

蝙　蝠

天就要亮了
一壶茶渐近澄明
几只蝙蝠飞过去又飞回来
窗口时而飘动时而安静

这个夜晚
将耗尽最后一缕黑暗

像在祛除身体里
陈旧的阴影

所有的风都睡进夜的深处
像往事沉淀在心底
蝙蝠的翅膀无声也空泛
此时我眨动眼睛
就会改变蝙蝠飞行的方向

天亮以前端坐不动
倒掉残茶
我要看着蝙蝠驮着黑夜
一点一点远去

闲　置

雾霾很大
没有风
月亮不出来
酒杯闲置了

一本闲书翻来翻去
没找到思念的人
热爱正在闲置

关灯后
黑夜迅速漫过来

眼睛闲置

唯有无边的寂寥
奔跑着
是今夜有分量的礼物

中途下车

走了一半的路
不是花开到一半
也不是雪停在半空
是我对目的地不再有兴趣

一半的旅程
是半首没有词的音乐
或一个汉字只写了偏旁
剩下的一半
留在心里

做了一半的事情
等于没做
终点不承认未达的脚步

野草没想过长成树
有些花开了
就是不结果

虎跳石

金沙江一处很窄的地方
有一块探向对岸的石头
据说当年老虎从这块石头上
跳到对岸

从对岸再跳到这块石头上回来

现在老虎已经绝迹
我站在这块石头上
望着对岸
几次跃跃欲跳

我掉进水里
就不再是我
跳到对岸
也不会是老虎

巧　遇

傍晚,我与一只老鼠
相遇在不宽不窄的胡同
老鼠看着我
我看着老鼠
我们都在惊悚
都在做着转身就跑的准备

我的缺点

一直喜欢用热爱和善良
对待一切人与事
甚至看到庄稼地里的蝗虫
也热爱
而收回来的却常常是恨

现在才明白
爱是天上洁白的云
恨是往墙里砸钉子

张执浩近作选（五首）

张执浩

写诗是……

写诗是干一件你从来没有干过的活
工具是现成的,你以前都见过
写诗是小儿初见棺木,他不知道
这么笨拙的木头有什么用
女孩子们在大榕树下荡秋千
女人们把毛线缠绕在两膝之间
写诗是你一个人爬上跷跷板
那一端坐着一个看不见的大家伙
写诗是囚犯放风的时间到了
天地一窟窿,烈日当头照
写诗是五岁那年我随我哥哥去抓乌龟
他用一根铁钩从泥洞里掏出了一团蛇
我至今还记得我的尖叫声
写诗是记忆里的尖叫和回忆时的心跳

被词语找到的人

平静找上门来了
并不叩门,径直走近我
对我说:你很平静
慵懒找上门来了
带着一张灰色的毛毯
挨我坐下,将毛毯一角
轻轻搭在我的膝盖上
健忘找上门来了

推开门的时候　光亮中
有一串灰尘仆仆的影子
让我用浑浊的眼睛辨认它们
让我这样反复呢喃:你好啊
慈祥从我递出去的手掌开始
慢慢扩展到了我的眼神和笑容里
我融化在了这个人的体内
仿佛是在看一部默片
大厅里只有胶片的转动声
当镜头转向寂寥的旷野
悲伤找上门来了
幸存者爬过弹坑、铁丝网和水潭
回到被尸体填满的掩体中
没有人见识过他的悔恨
但我曾在凌晨时分咬着被角抽泣
为我们不可避免的命运
为这些曾经以为遥不可及的词语
一个一个找上门来
填满了我
替代了我

不可描述

一生中不可描述的事物有很多
譬如我对你的爱,以及
我不爱你了为什么还要和你在一起

一年中不可描述的事物也有很多
譬如我去过很多地方
从前它们在想象中现在在记忆里
而二者之间总有一段空白
没有词语能够填补和满足
一天中也有很多不可描述的事物
我一大早醒来坐在空气中
呼吸人世间的残留物
它们抬举了我也压迫着我
它们是什么？一大早我就在微信里
看见了你们脸上的口罩
过年的人拥堵在通往年关的途中
车窗外是刈后的原野
原野上站立着一排排形容枯槁
挂满各色塑料袋的草木
草木尽头是开肠剖肚的山包
而山包头顶上的事物不可描述
我能描述的只有那张趴在窗口上的
孩子的面容：又兴奋又难受
大好河山从你我眼前一晃而过
你等雨的时候我在等风

一个老掉牙的故事

昨天晚上我掉了一颗恒牙
夜里我长久盯着它
用舌尖在口腔里来回搜索它
应该是一颗磨牙吧
在靠近智齿的地方
它的模样近乎袖珍的陨石
它让我想起很多往事
其中一件历历在目：
那是儿时的一个早上

我迎着朝阳
将最后掉落的一颗乳牙朝屋顶上扔
父亲站在我的身后
不断催促我："使劲！"
母亲拎着潲水桶穿过天井
我听见扔出去的牙齿
在瓦楞上发出清脆的滚动声——
这真是一个老掉牙的故事了
昨天晚上我想起它的时候
一定有陨石正在天边陨落
一定有另外一个我正身陷牙床
像一个绝望的拔河者
已经在脚底下蹬出了一座深坑

蹚水过河的人

一生中我蹚过的河流并没有几条
但这样的场景时常浮现在脑海中
仿佛每次出门都必须那样——
弯腰，脱鞋，挽起裤腿
拎着鞋子踩着卵石朝对岸走
——一生中我都在过那一条河
有时候我站在河道中央左顾右盼
上游的浪花一朵朵开了
下游的漩涡不紧不慢地旋转着
有时候看见对岸来了一个人
他的姿势和我大同小异
他沉默着经过我的身边
河水的喧哗声越来越大了
而我喜欢先将鞋子扔上对岸

肩膀上的春天（组诗）

唐成茂

一滴轻盈的水和一枚桃花相遇的故事

名字与名分溶入水中　就不会回头
不管是一滴水还是一湖水都生长着灵魂的
骨头
上善若水穿越骨子划破刀子
没有棱角抓不住缰绳

在桃花村与一滴透明的水邂逅
桃花纷纷扬扬如雨带梨花让我的梦想晶莹
透亮
这滴桃花水款款滴落会惊起桃花梦
洒向桃林天空会有一丝晃动
转一个弯落在我的履历上人生就有了动静

一滴轻盈的水和一枚温情的桃花相遇的故事
零落成泥也有一段传奇
柔软与纯洁也会刺痛坚强骨子里的坚定和
坚强
对峙锋芒和锋利
就是悬在檐下挂在石壁上
就是没有飞流直下的悲烈
一滴水陪伴一枚桃花缓缓流动的青春
也是一首动人的抒情诗

与一枚桃花邂逅　一滴水在晴明或黑暗中
咏唱恒远与忠诚
就是没有曼妙的身姿和骨头里的笙歌
就是只有头破血流也要奔流的勇气

以及不让生命向生活低头的骨气
也令我臣服

这是人生的雨水在叮叮咚咚地滴落
不管谁与之相遇都关乎这个人一辈子的成败
这个人一辈子都会有似水柔情

今夜的江水要到天上去

长江之水从骨头里燃起爱情的火焰
长江之水在尘世中苏醒
有彩云从江面上慢悠悠飘来
我一把抓住长江　不让川江号子和那幸福的
一夜
这么快就离去
我们共同拥有的是5000年一遇的
一夜
那价值一生的缠绵潮起潮落
让我们绵白而粗浅的青春
起起伏伏
让江水一页一页翻出我们
程度不同的伤痕
深深浅浅的无知酿成爱情受伤的错误
折磨一天比一天消瘦的
时光

今夜的江水要到天上去　今夜摇摇晃晃的道路
被离愁一点点打湿

道路有连续打滑的可能
爱情有多次摔伤的危险
你应该从异国他乡归来
挽着我的手　牵着长江的衣袖
用翻新的感情
修补明天
我们应该互相关爱和搀扶
用江水洗净人性中的污垢
用岁月为爱情刮骨疗伤

在南方，每一个人都有水的媚俗水的尊严

在南方
在水之湄
临水而居
你一生一世跟随了浮萍
总有被命运打湿的人怎么也晒不干身世

在南方　在水之湄
水洗干净了谁的污点
城市水一样嫩白　历史的脸面水红水红
好像人人都没有棱角　谁做事情又都风生水响
窝棚里的日子湿漉漉稀拉拉
阳光明媚的上午想不到城市说话做事的水深
口杯里的月光照耀着打工仔的幸福或悲伤
一条一条鱼一样的文字南腔北调
虚构着迁徙人生
眉宇之上一撇一捺的方言扯动城市
滴着活水的脉络

荔枝公园的少女在海风中松了纽扣
将世界打开
谁在城市的夜晚把她们水嫩的人生翻阅
地王大厦变得水性杨花

杜鹃花水一样娇艳和深情
大小梅沙水做的女人站在水上挽救水
巴灯街发廊门前涂脂抹粉的转灯
转动水一样的骨肉和似水流年
历史要记住你时你一定不在现场
改写历史的人
所有的价值都被水淋湿

在南方　在水一样灵动的深圳
每一个人都是匆匆过客
每一个人都有水的媚俗　水的尊严
在别人的城市逆水行舟
一片汪洋都不见
都抓不住救命的稻草　都是给人送稻草的人
我的履历和过去都有水分
所有的错误所有的怀想都被水洗白
因为有期待　我们的日子才如此尊荣并
哗哗流淌

唐成茂　四川中江县人，现居深圳。作家、诗人、影视剧制片人、大型文化活动策划人，国家一级作家，中国作家协会会员。《当代诗人》《诗歌月刊》《澳门月刊》等数家文学杂志执行主编（总编）。四川传媒大学客座教授。已在《十月》《中华文学选刊》《中国作家》《诗刊》《青年文学》《人民文学》《文艺报》《文学报》《人民日报》《世界日报》等国内外报刊发表文学作品数百万字，出版文学专著11本。2017年5月28日，获得第四届中国当代诗歌奖贡献奖。

被风吹散（组诗）

牛庆国

那坡山小传

有人看见八匹高大的骡子
从山的豁岘里走了过去
走在骡子前面的那人
马刀上挽着一匹红绸子
他要从很远的四川驮回茶叶和盐
可回来时手里只提着一根鞭子

多年后　我的父亲从山坡上下来
后面跟着我的母亲
夕阳下的那坡山浮着一片红晕
可当他们走进山下的家时
屋里已经黑了
一盏油灯下　他们开始渐渐变老

有一次　母亲被月光惊醒
看见一只白狐狸夺门而出
蹿向那坡山
山上就像落了一层薄雪
这件事一直让母亲耿耿于怀
她说她的命中一定有一个狐狸精

后来　我看见当民办老师的堂叔
在豁岘上忽然蹲下身子
双手捂着自己的胸口
风把他蓬乱的头发
吹成了山坡上枯黄的柴草

他去世的时候　我听见他的胃里
像放着一本书
被风吹得哗啦哗啦地响了几下

那时　我望着那坡山的脊背
希望它能转过头来看看岔里的人们
可它一直背对着我们

直到有一年　我一口气翻过了那坡山
那里就成了我的老家

四月纪事

在母亲的坟院外边
我看见一个放过烟花的纸筒
是今年正月埋母亲时留下的
纸筒里长出一朵菊花
模仿着烟花绽放的样子

菊花一年只开一次
母亲你可要记得看啊
就像从此每年这个时候
我们都会来看你一样
四月　是岔里最盛大的季节

二哥忽然说　我们弟兄几个
以后老了　就都会埋到这里
但没有人和他搭话

只有田野的风　吹到我们的身上

在母亲的坟前我们依次跪下
头顶的一朵云就低了下来
突然的雨夹雪　让孩子们
又一次向母亲身边靠了靠

母亲的老花镜

人一老　就把远处的事物
看得越加清楚
却看不清眼前的东西了
当我把一张报纸往远处举
再往远处举的时候
母亲就把她的老花镜递给了我
仿佛把她的老也传给了我
这是多年前　我看她
为了把一根线穿到针眼里去
像她一生中努力过多次的一件事
最终被放弃的时候　给她买的
因为这副眼镜　她的眼睛又亮了几年
可后来她说没有用了
有一次　我把给她放大了的照片
也就是那张她去世后摆在灵堂上的照片
给她看时　她远远近近地看了半天
一阵说是姥姥　又一阵说是奶奶
硬是认不出是她自己
我就知道她已经更老了
或许那时　她能看到更远的东西
但她没有说
现在这副老花镜就放在我的书桌上
我多次戴着它　试图看见
母亲曾看过的一切

有时把眼镜转过来
想从眼镜的另一面看看母亲
那双慈祥和隐忍的眼睛
更多的时候我是戴着她的老花镜
替她去看她没见过的事情
比如一本书　或者一首诗
我都是替不识字的母亲看的

被风吹散

我见过一个人被一阵风吹散的情形
他攒下的玉米　扁豆　也被吹散了
吹散了的还有场里的陈年草垛
他擦亮的铁锹　编好的背篓
被吹到了别处的墙角
他种下的那几十棵老树
都被吹得换了主人
其中有一棵　在送走他的那天下午
躺在女婿的拖拉机上　抖抖索索着
被拉到了背井离乡的地方
连他的几十亩山地也被吹散了
分给老大的　如今被老大的丈人种着
分给老二的　因为老二搬到了城里
现在还荒着
记得他在被风吹走之前
父亲把欠他的三元钱还给他时
他伸手摸了摸　就放到了枕头底下
现在也不知道被风吹到了哪里
如今　我看见那些顶风劳作的乡亲
仿佛被风吹走的人们
又一个个挣扎着回到了岔里
被风吹乱的野草　在他们的身后
手舞足蹈　给他们说着什么

乡村记忆（组诗）

老　刀

爷爷和奶奶

奶奶徐氏
从嫁给爷爷起
一直到八十多岁去世
只有姓氏没有名字
死后在墓碑上铭刻万徐氏
爷爷叫万华章
我常常在想
一个大字不识的农民
怎么会有
一个如此温文尔雅的名字

爷爷比奶奶去世早
两人的遗像是同时请人画的
生前就画好了
现在还挂在一起

爷爷爱奶奶的故事
听一遍幸福,听两遍
幸福得让人流泪

一个是脾气暴躁铁汉柔情
一个是和风细雨化物无声

为了奶奶
爷爷天不怕地不怕
有一年日本鬼子进村抢东西
欺负了奶奶

爷爷回家知道后
一声不吭
磨了两把菜刀就去追

在家里
爷爷的一生都依赖着奶奶
哪怕上个厕所
爷爷上厕所从来不带便纸
完事之后
就在厕所里喊
老婆子纸呢
拿几张纸来看看

爷爷不怕死
自尊心非常强
七十多岁的爷爷
眼睛不好使
不小心打烂了东西
他会不吃饭
一边骂自己
一边抽打自己的嘴巴
你瞎了眼啊

在最后的日子
爷爷左边的手和脚同时瘫痪
奶奶说是爷爷驯牛时被牛怼伤了
有老人说
是年轻时和人打架打伤了

爷爷死后

奶奶开始神志不清

经常一个人在房里喃喃自语

老倌子

你在哪儿

我怎么摸不到你

我聋了吗

你骂我什么

又什么事

你大声点啰

我听不见

细蛮爹

他四十多岁的儿子

在一个大雨倾盆的夜晚

去水库捞鱼

不幸被洪水卷走淹死了

不能进屋的遗体

摆放在知青点临时搭建的

一个敞篷内

他三十多岁的儿媳

十岁左右的孙子和孙女

六十多岁的亲家和亲家母

被人搀扶着

牵扯着

全都在失声痛哭

唯有喝醉了的他

倒在敞篷旁边的稻草堆里

睡着了

没有人能唤醒他

他八十多岁的老父亲赶来

用拐杖敲击他

他蜷缩在那儿一动不动

用脚拼命踢他

踢得老人自己老泪纵横

他仍一动不动

乡村记忆

喜欢看电影

两根柱子中间

拉一块白布

正面反面都能看的那种

喜欢看新娘子

喜欢看牛爬背

喜欢看干鱼塘下网拉鱼

喜欢看男人打架

女人喝农药

喜欢看追悼会上道士做道场

喜欢看杀猪宰羊

扳倒在板凳上那种杀法

一刀捅进去

刀还没有抽出来

一股血就冲进了大木盆

喜欢看枪毙人

走很远很久的山路

远远地

听到一两粒沉闷的枪声

就匆匆

结束了的那种

北京的基层生活（组诗）

北　塔

这几年我致力于写北京的家常，是为了解构外省人对北京的想象，他们误认为北京没有日常，没有百姓，北京的文学都是威权意识形态的衍生品；而其实北京有两千万老百姓，尤其是像我这样的基层工作人员，吃穿住行全部都是群众式的；当然，作为一个诗人，这些基于普通生活的思想和体验也还是有一些不同寻常的想象和抽象。

拉煤的板车

一

这白茫茫中的一点黑
如同火柴头
每一步
都像是划过
这没有磷的都市的边缘

那白与黑之间一刹那的摩擦
是否能给他自己
带来一点暖意

二

我的眼睛如同炮座
这从我眼中射出的花朵
直直地砸穿了摩天大楼的顶层

不是为了爆炸
只是为了融化

融化在你的融资计划书中
让你看着看着
感到一点点
来自远方的湿润和陌生

三

一颗流星刺破西部的大气层
只是为了毁灭自己

最不幸的
是没有足够的大气
供它燃烧
使它绝迹

它不得不忍受
自己的残肢断臂
在垃圾山上
被成千上万人寻找
被出卖或被藏匿
它都得在这个世界上苟延残喘

四

给汽车让道
给自行车让道
给行人让道

所以你最慢
因为你最重

所以你最黑
因为你最亮

你的脸可以被抹黑
但你的牙齿、骨头和劳动清清白白

白雪融化后有最黑的泥泞
你只管把车轮往这泥泞里送

老镜子

老镜子披挂着灰尘
厮守着比它更老的钟
和比钟更老的笔

像一名曾经的宠妃
被打入了时间的冷宫

窗台就是它的牢狱
它用无期徒刑
背对外面的大千世界
总想让我用我的老脸
去填充它的空洞

我的目光习惯于越过它
望向远方

今天我给它赏了一下脸

从它后面伸出来
一只过去的手

像一个怀孕的消息
差点撕破了我的老脸

男与女:羊年除夕感遇

一个女人空着子宫去私人诊所堕胎
一个男人没有Y染色体却有个女儿

一个少年在游戏厅里跟英雄过招
一个少女在电影院里跟面具同道

一个青年男子在回老家的路上折回北京
一个青年女子在奔向婚姻的途中突然毁约

一个中年男子在轨道交通里梦见自己出轨
一个中年妇女瞅着她男人说她真是瞎了眼

一个老年男子在长途旅行中小便失禁
一个老年妇女念叨着家庭住址失踪

一阵喝了酒的野风被一堵涂了口红的墙拒绝
一位豪杰躺在祠堂里连邻居都不去给他拜年

那一片绿草地（组诗）

马志宝

无雨的季节

曾
毅然踏上这画的路
心的路
只为寻找那一片绿草地
——梦中的地方
绿也悠悠
情也悠悠

也
装作勇士的样子
在茫茫的征途上跋涉
寻觅
却终于没走出

那个
无雨的季节

只是
父母的叮咛
和乡亲的厚望
被干坼的日子
拖得好长好长
无处存放

然后
望着淡淡的夕阳
低唱一首
晚归的歌

写给五月及一个特别的日子

五月的遥望
每天都寄给远山和
天边的云彩
而我
只把一叠收据
留在身边 独自享受
透过朦胧月色
看柳絮飘飘
在明朗的南风中
清晰地飞舞

五月的祝福
每天
都挂在心上 风化
晾干后
浓缩成黄昏的日记
晚霞纷飞中
手捧第一抹星光
静候 月满西楼
和心中那朵紫色的玫瑰
静静地吐香

五月的期盼
每天都滋润着 七月的日子
于是
我就让
一轮绝美的彩虹
在这些 有雨
和无雨的日子里
灿烂地成长
准备悬挂在
重逢时那一道
站台的上空

心室与心房

为了心室里的那盆花
我曾在心房中默默地等待
也期盼了许久
为了心室中能充满阳光
我曾打开所有的心房的窗
无奈
如丝的春雨
击碎了沉默
打破了窗棂
只剩下一件
织满彩虹的
梦的衣裳

思念友人的日子

夕阳下分手
晚风轻柔
一只孤雁南飞
数断了十根指头

日子在遥望中消瘦
浮云把眉头紧皱
流水在冰层下呢喃
"春去春来的时候"
……

今夜的月色（二首）

雷鹏锋

月夜想起往事

时间
犹如一把锋利的剑
斩断了久久痴迷的过往
又如一阵绵延的风
风干了许多往昔的温情

十余年时光
如同今夜的月色
悄无声息地来
静寂无声地去
浑然不觉其皎洁
懵懂不知其珍贵

往事
犹如一幅朦胧的画
呼唤着几近失忆的灵魂
又如一叠汹涌的潮
激荡着起伏不定的内心

美好的回忆
也像今夜的月色
仿若就在眼前
却又遥不可及
浮沉不堪重回首
梦里常自又忆起

与自己对语

这个世界上
定然有
两个不同的自己

一个肉体凡胎的自己
一个灵性飞扬的自己
肉体是客观的存在
思想是灵魂的相寄
这个自己对那个自己说
"要让自己的身体更加强壮结实,
这是生存生活的基础和前提。"
那个自己对这个自己说
"要让自己的内心更加丰富充实,
这是人生在世的价值和皈依。"

一个立足现实的自己
一个充满梦想的自己
现实是当下的冷峻
梦想是未来的期冀
这个自己对那个自己说
"不要总沉溺在冷冰冰的现实里,
看不到风之轻、花之美、雪之柔、月之丽。"
那个自己对这个自己说
"追寻梦想的路上充满坎坷崎岖,
千万不能因现实残酷而迷失了自己。"

一个多愁善感的自己
一个乐观向上的自己
伤感是真实的情绪
达观是前行的动力
这个自己对那个自己说
"这个世界不相信抱怨、自卑和眼泪,
心中要时刻充满阳光,脊梁要始终高高挺起。"
那个自己对这个自己说
"不要刻意压抑自己的真性情,
该哭就哭,该笑就笑,不必总深藏在心底。"

一个随遇而安的自己

一个不懈追寻的自己
顺境是暂时的栖息
登攀是不变的宣誓
这个自己对那个自己说
"舒适和安逸是人生的大敌,
懈怠与虚度只会让此生庸碌无为。"
那个自己对这个自己说
"超负荷、无目标地盲目追寻,
也只能使自己心力交瘁、身心俱疲。"

一个虚华浮躁的自己
一个淡定从容的自己
浮华是过眼的烟云
坦然是心灵的静寂
这个自己对那个自己说
"虚华的东西会很快被岁月抹去痕迹,
就像名利,转瞬间就会被大家忘记。"
那个自己对这个自己说
"不以物喜,不以己悲,
物我两忘,宠辱不惊,你才是真正的自己。"

两个不同的自己
时时相互对语
是警醒
是鞭策
也是激励

依旧妩媚(组诗)

朱 平

花,开了

花,开了
开在你花纹的孕肚上
我看见了你的努力
锻炼全身的每一块肌肉
如打一套深奥的拳法
就这样,知了闹了起来
就这样,出乎意料地来了

新的生命必须等到
春天才能命名
或者,听见 从那生命的源头
传来的回声
是山里的声音,就这样
走了不知多久
才回到婆家那陈旧的窄门前

生育的国策说了许多年
一些中国人 去美国生美国人
一些中国人 去香港生中国香港人
而你只能回到
婆家那陈旧的窄门前
在中国,生一个
报不上户口的中国人
听说有人在
山里的树林 捕捉到爱

我从没有见过,只知道
有一朵小花 即将默默地绽开
在你逐渐隆起的
肚子里

和顺印象

乡顺着河 河顺着乡
一幅水墨画
露出盛夏的,和顺

一片荷叶 偶尔因风
压弯了
一朵盛开的莲花

洗衣亭的女人
不忍吵醒,在河里
打盹的鸭子 只是盼望山风
吹快点吹快点
有否吹来远方马帮的消息

风还是吹来
将荷叶轻轻压下
花瓣微微地抖动
花心低低地呻吟

叶子你要柔一点
柔一点,别压坏
莲花心里的心事

依旧妩媚

半个世纪了,你依旧妩媚
依旧于桃红柳绿的湖畔
眉柔柔弯,脸微微垂
道一句"远方客,请把家回"

让窗外密密的垂柳
再一次拂去游子双肩的尘灰
让温馨如梦的卧榻
再一次承载游子归家的欣慰

如画的餐厅里
叫花鸡和鲜海贝都已齐备
用餐时,不必光是动嘴
所有的眼睛都可以饱蘸西子湖水

半个世纪了,锦旗成了你穿不完的盛装
时时闪烁着五大洲的赞美
半个世纪了,你培育的员工遍布四方
"华侨"精神,如蒲公英一样远飞

我也是你一名远翔的员工
今天,特来献一束祝福的花卉
哦,"华侨",你是一定认识我的
就像你永远认得出所有游子的热泪

父亲的擀面杖

您擀面皮的照片
我是在一个旧纸板箱中找到的
您擀的面皮,仿佛还有余温
我把它捡起来,放在掌心

父亲
从我记事起,就记得这根擀面杖
您打仗时用过它,您在高兴时用过它,您在
落寞的时候用过它
您的擀面杖是全家的希望,是我们的口福啊

父亲
您一定很想让儿子陪您喝一盅
听您念叨那些打仗、造房子的事儿
然后您拉着孙子、孙女的小手去柳浪闻莺逛逛
或者去知味观吃一客小笼包子

想着您在家擀面的样子
想着您在家给我们做馄饨的样子
想着您上班坐车的样子
想着您吃螃蟹喝酒的样子
想着您给小孩洗手的样子
今夜我不能入睡

父亲
刚才,我对妈妈撒了个谎
说我好好地招待了您
说您精神很好,笑声朗朗
此刻您还没有睡着吧
眺望秋夜的星空
我多想轻轻地走到您的跟前
您擀着您的面皮,我来包可口的馄饨
现在您的擀面杖就是我的脊梁骨
我人生的坐标

朱 平 男,汉族,1963年出生于杭州,毕业于浙江大学(原杭州大学)中文系。出版诗集《依旧妩媚》,现为酒店职业经理人。

为母亲的挽歌（外五首）

潘红莉

我的方向一直错位　哪一个方向都空茫
平安夜　圣诞的红布袋　麋鹿的马车
星光密布夜空，教堂的钟声在午夜敲响
五彩的糖果飘　夜色消失　你也消失

那条路归结为你我　柔软地躲在异乡之邦
我把声音放在石头的下面　狠狠地压住
用谎言切割我和你的距离　看得见的空
我无能为力地看着你走远　这一生
就此切断回来的路　母亲　春天来了
这气候的温暖让我心生疑虑
我独享的春天难以被我领取
繁花就先落尽　我迂回徘徊的脚步
一次次地探访你昨天留下的浮盈

2015 年 1 月 4 日

醒着的教堂和睡着的母亲

冬天的教堂绛紫色的红和尖顶
都刺痛着我　晃动的披肩和一些有暖意的围巾
那些虔诚的目光被精神引领　大地之初的源
她的瘦小的身影不再出现　不再　永远地
她睡在那个狭小的盒子中　十二月的蝴蝶
带着好听的祷告词　雪像梨花纷纷落下
这一切的白　安静的白　像从没有过的伤口
连落下的雪都那么轻　就像我的语言
哀伤停在教堂的上空　停顿　绝尘
十二月的低　仿佛这个世界的无

那个狭小的盒子里住着我的母亲
我途经的教堂　在十二月就不再有母亲的身影
她像一个曾经迷途的孩子　找到了家
她在十二月就带着光彩　重回最初的宁静

2015 年 1 月 21 日

旧时光

那敲打的声音像敲着岁月的流痕
熟悉的气息就这样永不复还　永不
我的摆放鲜花的木质窗台　像被撕裂的棉花
你看钢的砖的裸露　旧日子就走远
年轻的模样就送给绝不是谎言的日子
我是说楚天还会出现　我的旧日子就不会了
尽管我的房屋还会新　新的耀眼深处的
寂寥无限　大地啊　那些高驻的美
我阅读的速度已经减慢　慢到苍凉的根部
老是什么　就是现在就是和时光中的旧通融
就是对玫瑰已经高不可攀　并且将骑士的
盔甲卸下

2015 年 10 月 14 日

慕士塔格西路

南疆的天空被慕士塔格西路划分出格式
我面前的叫故乡医院　它让我想起遥远的故乡

而米兰餐厅的浇着肉汁的面　亲爱的新疆
我面前的草原羊群似白浪　舒缓地移动
现在　我游动于梦幻的高音　听异乡的口音
搅动我的胃肠　我的有阳光的新故乡

慕士塔格西路　沿街走过的人就像
在我生命中的旅程都曾经来过
亲切地叫过你的名字　仿佛这世间的亲情
就是这样　不说话也亲如手足也温暖
就是这样的目光　一次次延长了
我的旅程　南疆的慕士塔格西路
就像现在　绕过千山万水也会想起
异乡的语言　无法企及的辽阔和遥远

2015 年 10 月 22 日

尽管当一个采茶女那么风情万种
像大地上的骄子　命运中的光
她们熟知茶语　春天中的灵魂
蜿蜒的茶山就像悬浮在天空下绿色的唇
含蓄　端庄地等待　等待一双手
将它带走　等待水将它的清香唤醒

整个的上午我就站在故乡的天空下
有那么多的不舍　野草莓和樱花摇曳着
远处的灌溉就要溢满岭南的山冈
我知道离开终究要来　对于空着的竹篓
操作的批判　我不会为此而失望
就留下一棵稻草的温情　对大地恩典的心

2016 年 3 月 31 日

岭南茶园

在电话里慕白说岭南的茶园那些嫩芽
一夜间就被霜打伤　已经不能再恢复
我看不见慕白的样子他也看不见我的心
当我来到岭南茶厂背上采茶的竹篓
经过一群好看的鸡和一条毛闪着亮光的黑色
的狗
我眼中的茶山像有序的梯田或者绿色的镰刀
或者天空下翠绿的翡翠排列的茂密的思想
采茶的人已经开始采摘　我用目光寻找牙尖
上的伤

天那么蓝　蓝得耀眼蓝得让人忧伤
我的竹篓空着没有一叶茶　我想象
那些采茶的人　她们和他们的手像刀
他们和她们的手下并不留情　给茶悲悯

长江之歌

从你的声音里流出的长江翻卷着波浪
你的微微摆动像水中的鱼　有艺术地潜行
我突然想起洪湖水　水中的阔叶暗藏莲藕
湖水安抚半个长江　律动的高音穿过水长

那具体的长江真的无法浇灌　我的水成滴
连微小的部分也不是　长江之歌
但是水的源那么好　我忍不住回头张望
长江之歌　你经过了我的门前
喂养我的精神和感动　水那么大
长江之歌　原来多年的水系深系
水波在歌声中浩荡　我只是忽略了水的灵魂
还会有一万次的诞生　长江之歌

2016 年 5 月 25 日

交　换 (组诗)

李小洛

想起一个人

在这个冬天
我想起来一个人
想起曾经和一个人在一间房子住过很多年
很多年了
都想问他一句话

在他刚搬进来的时候
我还没有想起来这句话
我穿棉布的裙子
吃嫩绿的蔬菜
鱼缸里装满了清水和菊花

那句话是在一场搬动砖头
砌墙的劳动里诞生的想法
可当我想问问他
后来他却搬走了
在一个下雪天
一步一步,从雪地里拔出了他来时的脚印

再后来的事情有了一些改变
我再也没有在上楼下楼时
或者变换的天气里见过他
他去了南方
也许回了乡下的老家

那句话,就这样一直搁着

像搁在冰面上的一条破船
一场春风吹来,终于吹疼了我的面颊

从你那里过来的这些雨

昨天晚上还下在你那里的这些雨
今天就来到了这个城市
像是紧走慢走赶了一夜
一大早就敲开了我的房门
在看见它们的那一瞬
我有些吃惊
提速以后的火车也没有这么快啊
两个翅膀的飞机也没有这么快啊
它们是坐着什么来的呢
它们一下子,就从高山、河流
几千里之外的地方跨了过来
一下子就来到了我的眼前
它们过来,摸摸我的脸、我的耳朵
我的裙子、我裸露在空气里凉凉的
小腿和手臂
它们说着它们的情话
不停地告诉我,它们
都是一路从你那里下过来的

傍晚的时候

傍晚的时候,我离开了一群
上山的伙伴
一个人,去了山谷
一条只有荒草和石头的山谷
我沿着人们走过的那条小路
让自己安静下来
安静得像块巨大的尘土

天色越来越暗,越来越黑
风从低处吹来,吹过
那些荒草,吹动了
我的衣襟
在这个时候,我突然有一些恐惧
一些寒冷和失望
就学着松树的样子
对着天空三击掌

可是一直等到后来
深夜了
等到又一个清晨出现了
也还是没有听到那个返回的声音
在我的耳畔吹响

运菠萝的卡车

我不知道那些运菠萝的卡车
是从哪儿来,那个站在卡车上
兜售菠萝的人又是从哪儿来的

这些卡车,运来了一个城市
热闹的黄昏,和一群
围着卡车挑选菠萝的人

可是,曾经在房间里
和我分割菠萝的那个人
他已经走了

临走时他告诉我
步履要慢,步履要慢一点
再慢一点:急湍的小河啊
很快就走完了青春
火车跑得那么快
也不能一下子,就把一生的隧道
一生的黑暗都走完

他让我多想想草木们的一生
想想山坡上那两棵挺拔的乔木,它们
一生一世也站不到一处的
快乐和苦痛

现在,秋风已淹没了村庄
田野上空无一物
从北方开来的卡车
早已运走了他的禾苗和庄稼
他或许坐在一片果园里
或许去了小镇上的邮局
也许又骑着车子
经过了湖边
一个人装着不经意的样子拍着
另一个人的肩膀
就像当年在唐朝的流放地
在昏暗的客栈里
那个醉倒在村头的诗人
退掉了帝国的聘礼
和麻雀、乌鸦们,混在了一起

施施然 本名袁诗萍，诗人、画家，出版诗画集《走在民国的街道上》，诗集《青衣记》《柿子树》，曾获河北省委"文艺振兴奖"，中国作协重点作品扶持等，河北文学院签约作家，中国作协会员，河北省女画家学会副秘书长，国画作品多次入选国际国内画展并被收藏。

塞纳河（外五首）

施施然

描述她之前，我需要储备
足够的绿。凡·高洗掉画笔的颜料
羊脂球在新桥上垂下晶莹的泪

两岸优雅的欧式建筑
是绅士们清晰又模糊的身影
我听到茶花女在人群中芳香的笑
柔风吹走洗衣妇微咸的体温

我看见莫泊桑在河畔摘下高高的礼帽
福楼拜用指节在大理石的桥栏上
敲打出桃花的节奏
在他们隐去之前，我挥手致以敬意

仿佛切割一块巨大的翡翠
游船划开塞纳河，而我立在白色的船头
左岸，埃菲尔铁塔是静穆的黑衣人
他的头顶上，白云浮动

托着我一颗激荡的心

在漫天的鸽鸣中，我渴望一场豪雨
暗夜中碧绿的塞纳河
雷鸣电闪，照亮雨果蘸着鲜血的鹅毛笔

德意志的雨
落在我亚洲的皮肤上

冰凉，渗进毛孔的湿

倘若理智此时是干燥的
你会忆起纳粹集中营的铁门

然而这里是新天鹅城堡
一座展翅欲飞的建筑。城墙下

红色的爬墙虎过早地借来里尔克的秋日

你感觉不到敌意的吞噬

童话的窗棂释放出王子和星星的眼神

空马车在雨中缓缓经过

马车夫伸手压低了帽檐

在尼斯恐袭现场

无意中闯入。金黄的郁金香

雏菊,粉红的小熊

绒布的长颈鹿伸长了脖子

不规则的鹅卵石拼出规则的心

绿色蜡笔在白纸上写着:

l love you forever

色彩的海洋,狂放的爱

响尾蛇的鞭子勒紧我的喉咙

流淌的血浆在鲜花下变成褐色的土壤

罪恶枪口仍在附近的草丛窥视

死亡在驻足。我想抱回我的孩子。

夜抵济州岛

白天的热气随着

最后一缕夕光收起

之后,我降落

在这钢蓝色的海湾

此刻街道寂静

鞋跟敲打空空的玄武石

夜幕抹掉金达莱的颜色

祷告声打开天堂的缝隙

你可曾见过金色的声音?

在它响起之前我还在沉睡

沙漠在窗外铺开巨大的卷轴

阿拉伯的风牵引着驼队,立在中央

沉睡中我又看到病中的母亲

我按住哭泣的心

拿出所有,博取她的欢颜

记不清有多少次我又回到这个场景

梦中的母亲仍是生前的模样

此时她追随我来到埃及,仿佛圆我此生最大的

执念

是的,在金色的声音响起之前

我思绪缥缈,裸露着灵魂的痛

当清晨第一声祷告悠扬在空中

我看到白色的光

从裂开的天堂的缝隙飘出

在 Kawthar 沙漠

日落后,黑暗在沙漠升起

辽阔。鹰一样迅疾

我们摸索着用手机播放伊斯兰老歌

越野冲沙惊起的细汗还未落

抬起头,中东的月亮孤单地悬在空中

像此时我们单薄的轮廓

赤脚坐在地球这一端的沙漠尽头

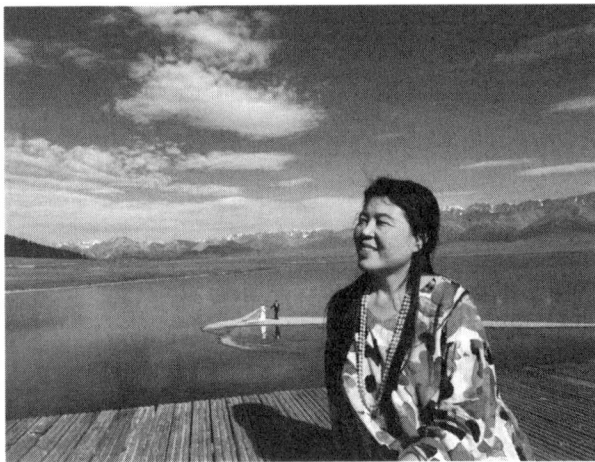

王芳闻 研究生毕业,华西大学路遥文学院兼职教授,西北大学现代学院、文学院客座教授,中国作家协会会员,中国散文学会会员,中国报告文学学会会员。曾任咸阳市广电局副局长、咸阳市委宣传部副部长兼理论讲师团团长,陕西省作家协会秘书长。现任陕西文学基金会常务副理事长,《当代诗人》杂志副主编,中国文化交流网副总编,中国文化交流艺术研究院执行院长,凤凰网陕西频道文学主编,欧亚丝绸之路国际诗人联盟主席,欧亚丝绸之路国际诗社社长。

黑陶秘语(外一首)

王芳闻

对月相聚,温酒四两
汝对我说
历史长河的波涛汹涌太强
湮没的璀璨太多
万般闪耀的事,多如江鲫的客
终会淹没
你惧怕黑夜里看不到阳光
总为黑色无限惆怅

可我想对你说
四千年前的土与火
燃烧了迢迢卫河
伴着燕赵的歌,涅出龙山黑陶
闪着如炬的光,源远流长
那种黑陶上晃眼的亮:
有镀在馆陶丘陵上的朝阳

有麦浪掀起的喧闹
有汉子闪着汗水的肩膀
有姑娘起舞时的芬芳
有四股弦的调腔
有黄花故台不舍的凝望
有小镇如星的粮仓
有卫河绵延的秋涨
还有上袭仰韶,下起殷商往事的绵长
万般锤炼于世上
才成就了炫目的鲜亮

黑暗是冶炼光明的神灵
苦难是人生高远的翅膀
不要惧怕黑色, 不要担心风霜
胸怀数千年黑陶里装满的期望
生命将会扬帆远航

霍城,天女撒下万顷紫霞

腾云驾雾一路飞来
衣衫上尚存火焰山的炙热
襟带上尚余戈壁荒漠的沙尘
一阵晓风抚来,带着沁人心脾的花香
掀起远接天际的紫浪
七仙女撒下的紫霞, 铺满了霍城
就连小镇上的泥土里
都散发着迷人心魄的芬芳

一群赋诗弄琴的女子
像大雁从天外飞至翩然
七彩的裙裙飘飘,像是楼兰胡姬的飞天
笑声歌声在薰衣草中簇成海浪
天涯骚客澎湃的诗情浪叠波涌
扯着雨后的彩虹

霍城的薰衣草啊
你美过普罗旺斯,铺满天地的嫣红姹紫
镀着金子般的阳光
闪着赛里木湖纯净的雪露
携着那拉提大草原迷人的色彩
散发着伊犁姑娘玫瑰的芬芳
在悠扬的冬布拉声中动我心房

霍城的薰衣草啊,你沉醉在你万顷的梦乡
执着于自己的等待
等待来自天涯的红尘知己
期待三生有缘者万里赴约
用一双双温柔的手掌
轻抚你千娇百媚的脸庞
将你的含羞放进新娘的衣裳

放进喜庆的红装
用你吐露那一篇篇爱的篇章

薰衣草啊,我匍匐在你香芬的怀抱
凝神欣赏, 透骨入髓的幽香
洗涤我滚滚红尘中的魂灵
让我如天籁般美妙宁静
如你的天赐的美丽静谧一样

可是,旅程总有归期
即使我用花香装满了我的行囊
即使你用花海围起了伊宁机场
隔着大鸟的舷窗
我看着你那惊艳了所有天涯游子
美醉了所有墨人骚客的紫浪
瞬间,又有了不想离开的惆怅

薰衣草呵
你是我千年的梦啊
我是你万年的魂啊
我是不得不来,我是不得不走
我们是不得不离散啊
我穿过万里云天,带着你的魂你的药香
回到了丝路起点的长安
回到了曲江池上, 我今生今世
遇到过你,亲吻过你
见过你热烈地绽放……
能常将你伴在枕边入梦
能常忆起亿万株的花海
余念已足,不诉离殇

安娟英 笔名:梁溪安静、诗的女儿、佛的信女。《中国诗人》主编、《词坛》杂志主编、中国散文学会会员。

发表于《诗刊》《星星》《扬子江诗刊》《上海诗人》《中国文化报》等报刊作品近800首,并多次获奖。有近40篇作品入选于各精品、年选和名家名典集中。出版诗集《花落无痕》、《行走的阳光》合集、《信女亦相思》。

薄雾里的芳菲(组诗)

安娟英

雾锁五亭

你忘记的梦
是我唯一的轻柔
——无处可栖

彩蝶的纱巾飞翔在湖面
一壶浊酒　相对无言
空留　我低垂的微痛
轻轻触摸你
烟花三月的余温

春风　扫尽飞雪
打开你一把锦绸桃花扇

寂静中有鹤鸣声声传来
一只长亭内单足而立
一只长亭外迂回盘旋

草书九月

就因为你
落墨最轻的一笔
让一片片云随风
一颗颗流星成雨
共患纠结的不安分
缥缈在江南的宣纸上

低吟　祈福的日子

添我丝丝柔弱的忧伤

柳笛绕过虚涌的幸福

在圣殿香雾里轻轻梵唱

一弯新月回眸拾起

散落的回忆　盛典超度

你爱的箴言

如星星深藏在黑色的云层

又是九月的夜晚　烟雨蒙蒙

你心海的潮汐轻轻涨落

真就倾注于清风一缕

磨墨终生

只为与你朝朝暮暮的两天

却是我　红楼最终的绝笔

包孕吴越*

遥别西周天子

冲破自己所有的底线

今日里

我把你轻轻地含在嘴里

典当一曲梁祝给月缺星淡

赎回一湖碧水冲动的春情

还我故乡薄雾里的芳菲

满月下的丝竹暖歌

越过千古吴越　囚情如海

若是可以填补你

典籍空洞里的一小点

春秋的青铜马哟

请回头奋蹄

踩上我肩下三尺坚韧的背脊

画之恋

——喜获商震老师书画一幅《枫桥夜泊》

回音　没有止境

散落的月光与钟声

以细柔的锋芒

加入海的合唱

风声的马蹄踩醒上弦的月

火烛摇曳船窗

秋枝曲盘呵　敲打千年风霜

你的乌啼——渔火——钟声

飞出江南的框架

无尽地向深处扩展

清纯超越幽然交响——

永恒　环荡

一卷宣纸反复指令

三月的杏花雨

四月的宫墙柳

隐忍红尘不愿老去

我矜持的修辞

一再迷失　在枫桥

寒山寺　云烟轻绕

留连的我　心怀万物

在画中

任风雨漂泊

*包孕吴越：太湖景点一处石头上的题词。

墨与浪

刘书宏

一滴墨，从苍穹之上无意跌落
一朵浪，在海面之上随意漂泊

墨跌进大海的怀抱
那怀抱里有浪花朵朵
浪伸出双手
感受到黑与凉
感受到沉重与沧桑

墨与浪的相遇　在一个迷蒙的海上
墨告别笔尖的柔情
送给他最后的一吻
带着苍凉感受坠入深潭的浮光

那浮光里泛着浪花朵朵
每一朵都那么澄澈

浪与墨的相遇　在一个迷蒙的海上
浪向海鸥挥手问好
送给她最初的微笑
带着期待感受水汽升腾的力量

那力量中荡漾着丝丝墨香
每一丝都那么芬芳

墨喜欢在宣纸上跳舞
留下的足迹构成一幅墨色的图
浪喜欢在笔的密林里穿梭

化成的水雾构成一幅透明的画

相遇相识，因书画而结缘
携手共进，将其精髓延续

墨点江山，大浪淘沙
这是黑与亮的结合
这是墨与浪的交汇
这是一个词的汇聚——墨浪！

所有深情都在理智之外

胡 洁

从不谈感情　因为虚无
从不言爱　因为缥缈
所有的深情
都是内心戏
所有的表情
都是平淡得出奇
我想表达情深

无奈分寸挡在你我之间
我想诉说思念
无奈深情挡在理智之外
向来缘浅何必情深
就把一切放在心间
懂或不懂都是无言

蒲扇摇落了星子（外一首）

徐正华

水岸的夏虫叫不来辽远的月亮
群体有些沮丧
儿时的蒲扇摇落许多星星
犹如金子般灿烂
象征我未来的前程

青蛙饱满的求偶欢鸣
在田野掀起激情的声浪
漫过门前抽穗的早稻头顶

深邃的夜让一些人诞生
一部分结束自然赋予的使命
在另一个世界里欢愉

打动人心

身居污泥而纤尘不染
它悄悄地探出头来向外张望
乡村是多么明亮
享受那如诗般的宁静
蜻蜓飞来亲吻它的舌尖
荷花也没有了往日的腼腆

落日于群山间壮士断腕
黄昏跳入江心　瀑布一样倒流
仿佛是为将要暗淡的天幕点缀金珠
那皎洁的月光把夜晚的山水、田地及房屋
照耀得如同白天明晰

在南山竹海，一地的生命法则

唐成茂

不是满城春色　是满山秀美

带着吉祥的火焰　来到竹海

满世界都是亮堂和美丽

一地的生命法则

有红的绿的蓝的女孩子　袅袅娜娜而来

与我的梦想同行

让整座南山　整个竹海　整个思念

都没留下空白　和遗憾

在南山竹海　所有的人都是祥云　或浮云

所有的云彩都抱着跑步的诗句

这是竹子为王的季节　竹子什么时间都能

点到你的　穴位

这时的竹子如城堡　我动一动手

就能够折下一兵一卒

我脚踩蓝天登上南山

春天没有向我倾诉　夏天对我只有怀想

秋天对我用情太深

冬天描过眉眼　一直嫩嫩地等我

抱她回家

在这灵山秀水走一回

谁都会有爱

黑夜给我们黑色的眼睛　黑夜给我们黑色的光芒

就是白天　我们也可以用时光

溅起火花　是因为我的爱深得溢出了爱

才会用竹子的温存

把坚决还给坚强

在南山竹海　我愿做一棵细皮嫩肉的竹子

享受慢幸福　有节有追求

理直气壮地　活回自己

南山当然是一座小山包

这海拔不高的仰望

让群山却步

让群雄列阵　但无法开拔

有的少女来登山　风一吹

竹海首先引发了战争

裙子最先泄露了春光

在这个竹子仰着头走路的时代

来竹海不是为了览尽春色

是来感受从容　在竹海宽大的胸怀

我们会尽量　放低自己

我们会尽量　放过尘俗

我们会尽量让欲火　矮下来

我们会尽量让生命　稳重一些

观南山竹海

张玉枝

上学的时候
已熟知了天目山脉
在黄山脚下
也曾见识过茫茫竹海
让我惊鸿一瞥的
是溧阳一望无际的竹林
高大挺直
一簇紧挨一簇
一排连着一排
风
夹裹着云彩
云
把细雨送来
而你
带来了清爽
驱逐了阴霾
催醒沉睡的笋芽
冲破土层落叶
向着云霄刺开
置身竹海
清新的空气扑面而来
郁郁葱葱
似浩瀚的碧海

绿叶密实得
风都吹不进来
放眼眺望
绿浪在风中起伏
漫无边际
阵阵随风摇摆
好一幅波澜壮阔的气派!
一碧万顷
排山倒海
随山峦而起伏
与蓝天白云连带
此景只应江南有
不亲临怎会想象得出来!
面对逶迤的景色
我忙不迭地抓拍
呵!
美丽的江南
神奇的竹海
我向往你
一碧如洗的色彩
我要张开双臂
深情拥你入怀

张玉枝 女,山西灵石县作家协会主席。先后在《九州诗文》《当代诗人》等省市报刊发表作品百余首(篇)。

常州诗意　谁人能识

毕福堂

今夜

我不问明月几时有

也不把酒扰青天

我只想知道

九百多年前的一位诗人

为何选常州

作为自己的终老之地*

问过了天目湖　天宁寺　京杭大运河

古淹城　舣舟亭　藤花旧馆

包括登上平平仄仄的南山竹海

阵阵抑扬顿挫的林涛

说了些什么　我一句也没听懂

哦　苏老夫子　一路磕磕绊绊

你把湖州　黄州　杭州　儋州

这些颠簸不平的州

一箱一箱诗书般

最终提到了常州

其中诗意

谁人能识

*1101 年 6 月,66 岁的苏东坡长途跋涉,与家人从海南流放地返归常州,定居于孙氏馆,在这里度过了人生最后的 48 天。

毕福堂　曾在天安门国旗班站岗,后任山西电视台记者。《当代诗人》主编、《九州诗文》主编,中国作家协会会员。

绿　竹(外一首)

青竹无语

生来这样直爽、挺拔向上

从叶到干,一年到头一直绿

从小到大,一生都爱穿绿装

嫩绿葱绿翠绿墨绿,代代传承

这些一直绿的植物

多累呀,就像我

而你从未留下,花开花落的叹歌

倘　若

天空只适合回忆,更多时候

索道、竹海、南山、穿行、合影都是历史

只是尘世的风景难以效颦

那些倩影常在体内蠕动,让我不得安宁

弯腰和挺拔试图寻找表达的捷径

咫尺相对,有时却遥不可及

倘若我是花草,也愿意在南山竹海生长繁衍

倘若我是虫鸟,也醉心于这里生态宁静而生儿育女

青竹无语　原名,周守贵;《当代诗人》杂志编辑部主任,中国诗歌网江苏频道编辑部主任,中国诗歌学会会员。作品多次获全国大赛奖项。

瘦竹如幽人,苏东坡(外一首)

徐国源

我的竹篱笆
还那样敞开着
今晚的三分明月归你
醉了,你手里的尺八——
竹影里,浣纱的朝云
正撑一叶扁舟而来
荷风拂面
低婉语声是唱晚吗?
柔情似水,水似梦
梦是水边过往的羚羊……

后　山

如果我是一座山
那也是后山,此处
风景平淡
只有鸟在散步
只有老山羊在自言自语
野风吹来,山
十万年前拱起的海洋
如此安详,今晚
我只要一棵树
和山泉中漂泊的珊瑚

徐国源　苏州大学文学院教授、博士生导师,《当代诗人》编委。曾任苏州大学凤凰传媒学院副院长,2007—2008年任韩国蔚山大学客座教授。

在常州

卫国强

身影巨大,有如传说
总在眼前晃动
但我却从未见过你,我见到的
只是你的名字

在常州,在这个繁华的城市
先贤苏轼生命最后的光芒
是在这座故居中暗淡的
在苦苦吞下千年的风霜后
仿佛一个殉道者
这陋舍还寂寞地挺立着
面目沧桑
蹲在那座文化的高地上
只给后世讲述孤独

现在,我一个人在院中徘徊
害怕撞了你的魂魄
有些忐忑,也有些幸福
那盏不嫌弃你的长夜残灯
和那条许你暖暖相依的一叶孤舟
今夜
不知是否有幸荡进
我的梦中

南山竹

武恩利

齐刷刷聚在这里
就是一道风景
思想的枝叶，撑起
碧空的高远、尘世的翠绿

都有一身傲骨
都有飞扬的风姿
激情在峰峦间起伏
诗意的光芒洒下一片瑰丽

不要问来自哪里
请默默记住彼此
深情地牵手，注定
为一路同行埋下美丽的伏笔

只为柔情侧身弯腰
盘连的根须，过滤着人间的泥沙
蓄一泓清澈的泉水
流向人间的沟壑

武恩利 男，1963年生，现居山西省和顺县，系中国诗歌学会会员、中国音乐著作权协会会员、山西省作家协会会员、2017年鲁迅文学院山西中青年作家高研班学员。著有诗集《雁过穹顶声向南》。

南山，那片竹（外一首）

潘洪科

南山，那片竹
可是印象里设想的景象 在溧阳山下
三省交界的地方 那片竹海
与传说，是讹传中的一种遐想……
皇帝出走的幽径已湮没于山中
成为典故与秘藏。让观竹人
顶着35度高温，在"金门"的高处
走着走着就醉了……

北方来的观竹人
被眼前的碧绿所迷惑
心，正经历一次透彻灵魂的涤荡……

天目湖之美

天目湖是一掬泪
润湿，依山傍水的灵山秀水
间或溧阳柔情的女子走过
让人心醉的天目湖
在姜太公的斗笠下细雨霏霏……
南山的泉水淙淙 流了千年 绘就
天目湖欲言又止的大美。走近些
走近些的想法 上升成一种距离
与高度，续写天目湖明天的大美

潘洪科 男，1964年生，中国民间文艺家协会会员，山西省作家协会会员，太原市民间文艺家协会副主席。

那些,高处的风物

霍秀琴

在常州,我遇到一些高处的风物

那些执着地,为诗歌活着的人们

把山顶的云彩铺展在心中

把竹林修改成,高山流水的强音

在绿色草坪弥漫的香气里

天目湖畔,溧阳人的豪放

恰好是我遇见的另一种发光体

我知道,我没有足够的能力

描写出南山竹海的全景

我把"热爱""留恋"与"怀念"

这些词语,挨个儿又想了一遍

或许,许多年以后,在某个夏日的午后

我会想起,那些拔节向上的事物

想起在南山脚下,佛

也曾光顾我的内心

我把虔诚,放在他宽大的怀抱里

我并不贪婪,红尘万物

东坡书院一千多年尘世的硝烟

我只想带走一缕,院内散发出来的气息

霍秀琴 女,汉族,山西晋石昌人,中国诗歌学会会员,山西省作家协会会员。近年的诗,陆续发表于《黄河》《时代文学》《当代诗人》等,有诗入选《2016中国诗歌年选》。

江南竹海

罗玉玲

轻掩柴扉

这一片竹海

此刻 就为我们独有

满山遍野的绿 情深似海

这是你的江南

也是我的江南

一群采风诗人

放下平仄韵律

叹竹节空心 虚怀若谷

感枝弯不折 刚中带柔

是郑燮临窗泼墨

书写成今日溧阳江南竹海吗

匆匆而过的游客

终是情深缘浅

飞越千山万水

我又回到了从前

你 正悄悄离我远去

再回首 竹影婆娑

罗玉玲 笔名繁星,湖南长沙人。中国诗歌学会会员。在国内书刊发表作品百余首。作品入选多种选本。

竹海荡漾

魏晓弘

请原谅我来自北方的北
终于如风,如尘
追随万顷竹海,抵达
深邃,浩渺,无涯……
仿佛一场梦境,缥缈时光

至此,必须信仰风的高度
绿海的深度
诠释竹韵的虔诚
不畏秋阳似火
汇聚,一纸水墨清扬

溧阳的南山,竹风舞浪
索道放飞诗意的翅膀
信手
摘一朵云的遐想,我们
追逐远方的远方

南山竹海（外一首）

蓉 儿

八月,南山一片青翠
竹叶间有金子般的阳光漏下来
我发现,那是竹子走动时随手泼洒的
它是想和人分享愉悦
其实,它有很多想法埋在泥土下
只等惊蛰时那声雷鸣
把它喊醒
到时,它会逐节发表声明
不是谁的命都是可以在签筒里
一根根被抽走
瞎子,连自己的命都不知在谁的手里

面对天目湖

湖面宽阔,水面泛着波光
借它的背景,合影
它给了我们很纯净的想象

旗帜飘扬,阳光下
我们不敢逆光面对镜头
担心所有人脸上都会蒙上阴影

魏晓弘 笔名海棠。黑龙江省大庆市作家协会会员、中国诗歌学会会员、《诗文杂志》总编审、《宿迁诗歌》微刊执行主编、《你我她》杂志签约作家,出版诗歌专辑《阡陌上的心香》。

蓉儿 本名张笑蓉。浙江省作家协会会员,金华市作家协会理事,浦江县作家协会副主席,《中国小诗》主编。

你醉了（外一首）

李治杰

山野绿风，扑面而来
你张开肺叶，大口呼吸
醉得你啊！东倒西歪
跌进南山，在竹海里消失
你想着心事，脱光衣服
你要在身上，画满竹子
看着竹叶，一片片长出嫩绿
脚趾生根，根须长进土里

竹 林

从南山竹海回来
我的心底长满了竹子
一年四季，它们颜色翠绿
渲染眼睛里的一片潮湿
绿色泪珠，洒满片片竹叶
那是我的心灵，静下来
倾听竹海的欢声笑语
恍惚中，仍在竹林里

李治杰 2014年开始在纸质媒体、文学网站、微信平台发表诗歌多首，数次获奖。

南山竹海，我们初识

袁沐淮

那时，我家的小院
挺立着几尾青竹
风吹过，也只是摆动身姿
却从不弯腰
她们的丽影，一直挺立在我
行走跋涉的旅途上

今天，南山竹海，我们初识
千里之外的来客
和你深情拥抱
沿着山道，蜿蜒向上
数丈高的绿竹，须抬头仰望
山泉淙淙，晃悠竹叶纹理
应和风拂竹影歌唱
一层山峦，一层竹浪
起伏连绵到天涯
青青负离子，随仙雾缭绕
轻摇翠竹，摇落
嗦嗦欢笑的水珠
我愈来愈高，山愈来愈矮
团团白云，把我托向山顶
托至一览众山小的胜境

此刻，俯视竹海，俯视人生
人哦，不过如竹子一般平凡

袁沐淮 江苏省作家协会会员、现任《宿迁日报》紫藤副刊主编。诗作散见《诗刊》《诗选刊》《中国诗人》《延河·诗歌特刊》《雨花》《新华文摘》，被《诗刊》《青春》等报刊载文评论。

秋白书

龚 璇

觅渡何处？河畔柳叶拂风
柔性的腰肢，从容独白
多余的话，已是最颤心的纪念

无所谓冷清。走近白面书生
瘦骨里暗流的血
炙热陋室的夏凉。我，感受奇绝的灵魂
然而，有多少割伤的花草
悲叹死亡的痕迹

内心不惊也罢。门口的红字
早已把铸就的信念，嵌入碑石
这是灿烂的青春，秘藏的星火
阳光下，向日葵以金黄展示花语
谁，还在责怪他的嗓音，调低心跳的节奏

我相信，这并非谁的旨意
激情的哀愁，在美丽的作用下
凝聚着苦难的经历
回眸一笑，便不需要求证博大的神秘
往事迂回曲折，宿命的荣耀
使蔚蓝的天空之上，每一朵云
都内蕴诗性的自由，生翅而翔

我只向天问，谁与云朵结伴而行
向光芒索取决绝的答案
秋白，剑虹与之华
孕育的故事，有哪些章回混淆了逻辑
什么是生？什么是死？何处觅渡？

龚 璇 江苏省作家会协会会员。《当代诗人》编委，在《诗刊》等多种报刊发表作品300多篇。著有诗集6部。曾获《诗歌月刊》2012年度诗人奖。

竹海探幽

王太文

一朵朵绿云，拥着，牵着手
恋着起伏的山坡，峰峦
那是一座座
翡翠的圣殿，檐翼连绵
撑一棵长竹，抵一下红尘的岸
我心的孤舟，向竹海深处漫游
去亲近空心的词语和圣贤
亲爱的竹海，翻涌着绿浪
每一枝叶，都正直
纯净，散放着圣贤的光芒

王太文 中国作家协会会员，《当代诗人》编委。曾参加诗刊社第20届青春诗会，出版诗集三本。现在山西省长治市郊区文化馆工作。

天目湖水

邹晓慧

从天上看,你就像明亮的眼睛
花开的时候　你在我身上
能看见流水的声音
和我们一起热爱绿色仙境
每个认识或不认识的人

每一个爱山水的人
十指相扣的人
在红尘踱步又在红尘中祈祷
书上说走为上策
但情缘不一定
这个春天,惊醒了什么
人这辈子,丢失了什么
一个热爱山水的男人
和一个女人不多的青春

从天上看,你就像明亮的眼睛
多么美丽的江南明珠啊
四周群山环抱,湖水清冽
画若棋盘的田畔,疏密错落的茶园
一幅幅纯自然的田园风光
我们如果沿着蜿蜒曲折的湖岸走天涯
人们就看见了

千古中国的爱情
比山水还绵长

眼睛像诗词,语言像花影
一步一步靠近我的界限
我们关闭多年的身体
从水天一色中穿过光
人世间仅一湖碧水
从哪里出发又到哪里聚集
这时,我们就想
两个人一起踏进乡村田园
与远古磨房、江南水车一起怀旧
只要我们有一双明亮的眼睛
就可以和山水永远在一起了

邹晓慧　中国作家协会会员,出版诗集《纯粹》《回归》等多部,大量诗歌作品刊发于《人民文学》《花城》《北京文学》《青年文学》《十月》《钟山》《星星》《诗选刊》等百余种文学期刊,并入选中外多种选本。曾获二十世纪九十年代《人民文学》文学艺术新作展优秀奖等奖项。

在大运河边上

曾鹏程

大运河已经没有陌生感
陪同了一批批诗人前来拜谒，舣舟亭
也已经赋予了诗歌的历史性。三个人活着
一触到"道"，诗人——带着世俗与被驱赶的
想象或者新的意象趋之若鹜。而我
隐瞒了偶然的假象，独自临摹起黄州寒食帖
半夜下了一场大雨，像酒灌入肚肠
像大运河一样——所有，都没有陌生感了

回首向长安招手的人，我望见
身着袈裟的和尚一路向西　像我和他
常年在这大运河边上膜拜

2017年8月25日

曾鹏程　青年诗人，《当代诗人》杂志编委、《白天鹅诗刊》副主编。出版诗集《烙着灵魂的遁术》，作品散见各大报刊。

每一根竹子都是我的故知

宋圣林

从小我就喜爱竹子
有事没事就爱去竹园走走
有时用目光仰望
有时用双手抚摸
微风吹来，竹叶沙沙
仿佛是天籁在耳边回响

虽然我家园子很小
生长的每一株竹子
比不上南山的高大粗壮
我相信，但凡是竹都有灵气
接触多了，竹子的精气神
自然潜入了我的六腑五脏

此刻，当我置身南山
每一根竹子都成了我的故知
不是我用双手搂住它们不放
而是这里的每一根竹子
都有一股神奇的魔力
一次又一次吸住了我的手掌

宋圣林　曾在《扬子江诗刊》《大别山诗刊》等报刊及网络平台发表诗作若干，部分诗作入选《里下河文学流派作家丛书·诗歌卷》《2016江苏新诗年选》等选本。

常汀秋白颂（外一首）

黄剑明

常州汀州史悠久
贤达志士竞风流
秋白生死连两地
命途多舛憾几多
一代英才侠义胆
万般利诱魂不丢
多余的话不多余
纠葛之后无纠葛

西江月·顶呱呱

远在异国他乡
湄南河上徜徉
鹏程传来诗芳香
明德书院重磅
名士散居天下
白天鹅翅翱翔
心牵梦萦顶呱呱
遥寄美好愿望

听说你来，涧溪的流波清脆如铃

赵华保

听说你来，涧溪的流波清脆如铃
天目湖的眼眸，已经望穿秋水
听说你来，雨如甘霖几度洒扫了路径
南山翠竹，一遍遍习练接引的仪式

我惶恐的跫音，更加羞涩几分
轻轻地穿过，松间熟睡的深情
只好悄悄含泪赶走，风一路痴痴地相随
让叶子的掌声，留及明天你来时照亮门楣

走了多少个来回，石板也听懂焦虑的深浅
我的期盼，纷纷散落小草摇头的微笑
让眼睛与耳朵分开入眠，心不肯离开守护半寸
绝对不给缘分，一丝一毫错过的机会

当你没来，嫌怨日子走得慢如蜗牛
可你真的来了，又嗔怪夜跑得归心似箭
我像极一位闺人，憔悴时光里你的由远而近
空留灵魂，打坐没有波澜起伏的相迎

黄剑明　江苏省泰兴市人。现任中共常州市委党校副校长、常州市行政学院副院长。在《人民日报》等发表作品数百篇，近20万字。现为《白天鹅》诗刊名誉社长兼常州创作基地主任。

赵华保　江苏省溧阳市人。常州工学院大专毕业，溧阳市作家协会理事。诗观：诗如人生，诗写我心。

南山一片竹海

丁卫华

悠悠白云
荡漾
碧海依附
醉在氧吧的竹
姿态各旧
灵水一倾而过
山的秀气
弥漫整座延绵的山峰
一座寺的宁静
与潺潺无关
炎热
不愿停滞
步履蹒跚的背后
时空转换过快
一滴汗的前世今生
注定汇入竹海
滋润的节奏
洗刷整个风调雨顺的秋

丁卫华 江苏昆山人,居上海,上海市闵行区作家协会会员,江苏昆山市作家协会会员,安徽芜湖市作家协会会员。20世纪80年代开始写诗,有作品500多首,并入选多个集子,偶有获奖。出版个人诗集《匆匆那年》。

枯萎的小草

绿 岛

如果再高一些,大一些
如果能开些花,吐出些香气
如果你善于炫耀,有一个好听的名字
也就不会有我此刻,心痛的凝视

天空阴冷着呆滞的云
霜,白了大地
你不动声色
始终充盈着一种寂静的勇气
你虽然枯萎,紧抓泥土的手掌
让我感悟,对于岁月的另一种坚持

我突然觉得,以上的这些如果
成了可笑、无聊的猜忌
你瘦小,是因为
不愿照见自己的影子
与世无争,你信奉
平凡的人生无须耀眼的真理

现在,我的凝视充满敬畏
我听到,小草染绿春天的那声啼哭
与我仅仅相隔一场雪的距离

绿 岛 本名周萍。溧阳市作协副主席。出版诗集《淡蓝色的丁香雨》《守望》。

错 过(外一首)

邵秀萍

早早归去,我错过许多
错过抚摸淹城墙的斑驳
错过感知苏仙眼神里飞溅的灵光
错过聆听南山竹海的呢喃
错过与小妖、玉玲、蓉儿牵手嬉戏
错过明德书院里孩子们幡然醒悟的泪水
唯独没有错过与《当代诗人》相遇时
你深情的回眸

南山竹海

南山之南,有寿星的慈眉善眼
有静湖的贤淑温婉,有竹海的壮阔辽远
在静湖,撑一篙竹筏悠然
赏涟漪微漾、水竹相依的柔情
在竹海,风起风落都是缘
风起,领略碧浪冲天的豪放
风止,聆听山笋的呼吸与软语
登临吴越第一峰,抚摸苏浙皖三界石
俯瞰来时路,竹海、静湖都在脚下
似梦似幻,似天上人间

邵秀萍 笔名如兮,江苏靖江人。诗作散见《诗选刊》《芒种》《关东鹿鸣》等各大纸媒与网络。

溧阳行诗吟(外一首)

马建华

欲觅清音千里行,焦琴故里正莺鸣。
歌飞瓦屋*谪仙醉,箭射鸭堂东野情。
兰室吐芳黄蝶涌,云楼拈字雅风生。
满山诗竹萦唐宋,流水潺潺起韵声。

*太白曾于北湖亭面对瓦屋山长歌高吟,孟东野也曾在溧阳黄山湖射鸭怡情。

宴上吟

月移静苑**满楼霜,秋夜鸣筝雅意长。
离酒不堪愁里饮,归鸿只待水边望。
鹊巢虽散情千里,藕骨丝连泪两行。
莫怨西风凋落叶,来年此处更花香。

**静苑是酒楼名称。

马建华 笔名啸汉马、悟了,江苏溧阳人,中华诗词学会会员,江苏省诗词协会会员,溧阳市作家协会秘书长。在《中国诗刊》等刊物发表八百多首诗词。

萌萌老宅男

——诗人父亲李发模剪影

蔚　儿

李发模　贵州省绥阳县人。中国作家协会会员、中国诗歌学会常务理事、贵州省诗人协会主席。15岁开始发表作品。已出版诗文集30余部。长诗《呼声》获中国首届诗歌奖，被苏联作家叶甫图申科誉为"中国新诗的里程碑"。其诗作多次获奖，许多作品被译成多种外文，广为流传。

国庆假日的某一天，我们去陪伴因小病休息的老爸。

老爸六十五岁了，身材不是很高大，但算得上"伟岸"吧！头发不算多也无秃顶之势，有些许白发，额头宽而广，眉心较高，用民间的话来说属聪明之人。脸白而圆，脸白即没有老人特有的老年斑；脸圆即胃口特好，吃嘛嘛香，当然圆圆润润。眉毛嘛！最具特色了，浓烈悠长而上扬，浓烈给人威严，悠长以人慈祥，而上扬呢，则处处彰显诗人的傲骨。浓眉之下的双眼，小而聚光，高兴的时候炯炯有神，生气的时候则能瞬间秒杀细胞。老爸的鼻子挺直，吃西瓜的时候，鼻尖总爱与舌尖蹭食，当然仅限于西瓜哦！嘴唇薄，属能说会道之人，也是会吃之人，鱼是他的最爱，还有香烟。老爸属于那种随意型的人，不管是生活或是其他。

退休之后的老爸，进入一种与世无争隐士般的境界，不再忙于生活的奔波亦不再疲于工作的忙碌。待在家里的那种悠然自得、随心随意，令他厌倦浮华不爱应酬，又加之做过心脏搭桥、安支架手术，他老人家是能不出门，尽量不外出，长期宅在家里，我们笑称他为"宅男"。他也乐于接受，老爸是一个落伍的"宅男"，用年轻人的话说就是"OUT"了。他不会使用电脑，不会用手机上网、玩游戏、聊微信、甚而不会发短信及储存电话号码。他老人家的"宅"是一切随意，看看书写写稿子，看看电视或写写信。累了乏了便在所谓的"龙榻"（就一长沙发）上小憩片刻或是睡上几个小时，晚饭之后便到院里散散步，他所住的地方叫"鹭园"，园里的植物生命力特强，又有人照应，长势特好。未搬进鹭园之前，他住香港路四发房产院内，老爸像隐士却没有隐士的那种闲情雅致，为花草浇浇水、修修枝什么的，抑或是给池里的小鱼喂喂鱼食。他们各不相扰，一切随意。

老爸抽烟随心，基本上没有不想抽的时候，除了特殊情况。所谓的特殊情况，即不允许抽烟的公共场所。香烟陪伴着他的诗歌成长，并给予他创作灵感，夜深人静的时候，香烟在手，笔下亦能生辉。聊天的时候，更是在烟圈中神游。别人发烟给他，我们不好明说，

只能以斜视的眼色制止，他装作没看见，潇潇洒洒地点烟并意味深长地抽着。他也知道抽烟对身体有害，却总是能找任何可行的借口明知故犯，或是找一僻静处解解烟瘾。制止他的时候，他就像一个犯错的小孩似的，委曲而无辜地望着我们，那样子很是可爱，让人不忍呵斥。

老爸的随意还表现在穿着上，他的搭配很雷人，属于混搭型，他的经典搭配：一身正装，配一双登山鞋。我们笑他的混搭时，他便说："这样穿着很舒服，走路不累，我一老头子，那么讲究干吗！"嘴里虽这么硬撑，但私下他却不断地在改变雷人穿法，他也是一个能集思广益的老人家，在我们的影响之下，他的穿着越来越得体，人也帅了许多，现在的老爸是那种特内涵、特"蟋蟀"型的。

老爸，我们爱您，爱您的随心随遇、爱您的混搭、爱您的包容……我们的爱如同山涧的涓涓溪流，愿这份爱湿润你的心田。

卫国强的诗（组诗）

卫国强

卫国强　永济市虞乡镇王官谷人。山西省作家协会会员，永济市作家协会主席，山西省中学语文高级教师，永济市电机中学校长。出版有散文集《来自大自然的伟大绝响》（作家出版社）。其处女作《风乍起》在1993年第一期被《山西文学》以首篇位置隆重推出，引起较大反响。《读王官瀑布》荣获2003年《中国教育报》教师美文大赛一等奖。《青春的河流》荣获《中国教育报》"杏坛杯"全国校园文学大赛一等奖。《荒野的朦胧》获全国青年散文大奖赛一等奖。其诗歌散见于多种报刊。

甘露寺

佛塔高耸
是一把天梯
直达天堂的心跳
供苦难的信徒向往和跪拜
他们用虔诚清洗了尘世的罪恶及污点
满怀喜悦地从天堂返回
仿佛歆享了神的甘露
幸福的表情让人着迷
可我站在空空的大殿内
心头烙满了尘世的惊悸与慌乱
对着神像手足无措

风儿不怀好意
一再撩起我的衣襟
想在心头的裂纹处
再携走一些醉人的文字

天地间

牧人刚从马厩中牵出那匹红色的烈马
草原立时就涌动起神秘的光泽
它凛然、激越。不可靠近
骑手们都被摔下来了
没人能驯服它
牧人话里流淌着骄傲
惊异，陌生。

冥冥中却有些熟悉和信赖

和马对视时

仿佛一股电流,磁场般

在彼此眼中跃动

一步一步,走近它。我身不由己

抱着它的头,抚摸

脸儿也贴在一起

鼻子对着鼻子,呼吸着彼此的呼吸

听到了彼此的心跳

豪情勃发

一声长啸,骏马驮着我在大草原上奔驰

有血在燃烧

至今我依然搞不清那次不可思议的神奇

是现实的还是梦境的

但明白

我心中也有匹烈马

正天地间驰骋

函谷关

这一处人间秘境

被我藏在心底

不敢翻开

天地间所有玄机

正是在这儿

被老子——窥破

大象无形,大音希声

它用厚重和深邃

直压跨我

人世所能仰望的高度

在它周围逡巡时,又被怀中的忐忑撞倒

从此不再侧目而视

只有雀儿们不知深浅

把空洞的嘶鸣喊得嘹亮

仿佛高亢的民间唱腔

以为铆足了劲

就能在史册上弄出些许声响

倒是谷中的那条溪流

沉静地寂寞着

不喧哗,不张扬

只用无为

将东周射出的箭镞

甩向历史的靶心

让尘世哑言

我看到了远方

天空蔚蓝。删掉了多余的云彩

只用深邃

廓清尘世关于高贵的概念

脚下大河流淌

静水深流

独自登临王之涣的高楼

天涯路上

阅尽大地的繁华、灿烂及诱惑

我却只爱简单

就像远方那座巍峨的山脉

简洁,干净

连棵杂树都不肯有的峰巅

全是皑皑白雪

闪着青凌凌的寒光

诗意星空下的精神光芒

——卫国强先生近期诗歌评介

九　天

熟悉卫国强先生,缘于诗歌,也因为他近期诗意的不断精进,我们的友谊也逐渐加深。这样说有些重文轻人之嫌,但诗歌是内在精神的外在体现,一个精神明亮的读书人,终究会照亮人心的深处,使人性高尚,就像《短歌行》中所唱的那样:青青子衿,悠悠我心。

诗歌是人类精神最早的萌动与起源。如《楚辞》之巫言,《诗经》之无邪,再或唐诗宋词之空灵浪漫,直到"面朝大海,春暖花开"的景致接引,这些近乎宗教情绪的诗歌经典,都给人以神秘的情感抚慰和心灵净化。

这种情感,是大自然与诗人个体精神的对接。就像卫国强先生在《吞月》中所说:

……我愿意此刻被抛到一个荒凉的山谷/哪怕一个寂静的枯井也行/对着一孔小天,不/是对着天上那轮皎洁的月亮/哦,这绝世的大美/静下心,沉下气/慢慢地,慢慢地/小心着/别焦虑,别紧张/把它的香,它的酥/它的温馨和甜蜜/光华与浪漫/以及掰开后内里的温柔和白嫩/一口一口/缓缓地/吞下……沉醉

有人说,此为情爱之辞。没有错,宁静皎洁月光之下的情感,是诗人对大自然的深切情爱。然而我看到的是,人心元神的能量与宇宙能量融合后,生发的精神聚变。它是"独上高楼,望断天涯路"的憧憬和忧伤;是"念天地之悠悠,独怆然而涕下"的孤独与豪壮。这是精神上的纯真情感,它光昌流丽、快慰轻飏,它神秘、迷茫,无由地忧伤。与其说是光风霁月之下强烈的"宇宙意识",不如说是艺术意境中的精神光芒。这种光芒,超脱了人性的本身,却又时刻散发着人性的温暖;既是对大自然本真的歌咏,又是对喧嚣与纷扰的遮蔽和驱散。它神秘而亲切,如梦境晤谈,是宇宙大美之下人的自然回归;它大气而又小心、幽静之极又生趣盎然,有唐诗之空阔、宋词之婉约,难怪这支神美兼具之鸣镝,击碎人的观感意识,引发共鸣。

意境与精神同步,诗魂和心情共舞。此为诗人之能事,细思又不仅于此。譬如卫国强先生在《一只白鹤》中"……让我走上祭坛剖开胸膛/用那颗跳动着的纯净的心,将它身上的俗气褪尽/并将碧血化成一道彩虹/架起一条白鹤腾飞的/天路/哦,这之后/尘世将听到动人的/天籁般的/九天鹤唳";《关山无语》里"蝴蝶的翅膀/诗意成就的一个葱郁的梦/不,是一件披在身上的袈裟/正把这颗丑陋的种子包裹起来/谁家的花园肯为我留下/一块发芽的土壤/大槐安国的传奇,又在暗香浮

动/炙热/总是抛不掉,心头的焦灼/雨后,斜阳/关山无语"。无论是对美好的渴望,还是在现实中挣扎,这些诗歌表面的唯美意境,隐喻着诗人强烈的爱憎;精神和灵魂,在诗歌中就像异域民族强烈跳动的胡旋之舞。

诗人都有一个敏感的性情和不屈的心灵。他们倔强而固执,激越而热情;他们保持着人之初的本真,又有着超时代的天赋。他们是人群之中的另类,也是人群之中的智者;他们时而沉重紧张,时而又天真活泼,时而喃喃如魔法化地祈祷,时而宁静于自然之间天人合一。不必为此讶异。在我看来,诗人都是上帝因怜爱人间而派遣下凡的人,被赋予贯通天地的神性,令摩西、大卫王、所罗门、马太记载《圣经》;让李白、杜甫、白居易安抚尘世间人的心灵。在中国,诗歌本身就是一个神奇无比的传奇。我们甚至难以找出《诗经》的作者,但"风雅颂、赋比兴"前所未有,至今仍被奉为诗歌的圭臬。我想,那些先秦时代身着青衣写诗的谦谦君子,隐没在灼灼其华的历史中,闪烁在幽蓝的星空上。而诗歌,就是人类的心灵史;其神之属性,让诗人具有一颗悲悯的心灵。

《乞讨者》说:"……一个乞丐,蓬头垢面,语无伦次/他目光呆滞,面对人群眸内总流淌着陌生和胆怯/像一个失去魂魄的空心人//深秋了,大地凝寒/他肮脏而又发臭的外衣下/还是夏日单薄的短裤/大路旁,一座工厂冰冷的墙角下/他安下了自己的窝/每天,不论流浪多远,他都会在日落前赶回来/每天,他都会幸福地为窝里带回来些/红的绿的黑的白的,那些别人抛弃了的旧衣物//一天,这

堆东西被人一把火烧得干净/面对灰烬/我看见乞丐绝望的眼神有些熟悉/恍如我苦难的前生"

如果寻根问祖,每个人都有一个苦难的前生。只是许多人业已忘却,在当世充裕的物质中自以为"贵族门阀",举止轻扬。甚至连我们的诗人也有将写作降格为小资情调的抒发,将诗异化为承载隐秘情感的体验,却漠不关心苦难、贫困等能够传达终极价值和人文关怀的题材,使诗歌难以贴近人心,难以为时代提供思想与精神的明确向度,以至于走向现实世界的精神贫血。

"诗言志,歌咏言。"自《诗经》和《离骚》开始,中国诗歌就站在社会的前沿,哀民生之多艰、虽九死其犹未悔,为劳苦大众鼓与呼。如今,当我们看到"乞丐绝望的眼神"时,是不是都有一种熟悉之感?只是,我们这些匆忙的"文明人"很少关注到乞丐的眼神,那些沉重的污秽的形象都被下意识有选择地摒弃了,何况那些弱小的卑微的灵魂?

无由得,我想起百度图片中,一个流浪汉在淋漓的春雨中放声哭泣……

这是《乞讨者》给我的感受。因为它浅显易懂,因为它细微而震颤,让我的心灵刹那间变得柔软起来。

钱理群先生曾经写道:"坦白地说,我已经20年不读、不谈当代诗歌了。原因很简单,我读不懂了。"在我看来,诗歌的晦涩无非两种原因。一是诗人人生体验复杂幽深,几句白话难以说清,就像毕加索重新组装的绘画世界,超越现实,超过了平面绘画的二度空间。这肯定是好诗,但很难遇到。第二,就是

诗人不能准确捕捉住激越的灵感,而写出了似是而非、杂乱无章的篇什。这不能称之为好诗。我觉得一首好诗,要用真用善用深情,以大胸怀、大境界的感情美化去感悟、去抒写、去感动大家,譬如《乐记》所说的那样:"致乐以治心。"好诗是掏心窝子的话,应该能够陶冶人的性情,净化人的灵魂,助长人的尊严,激发蛰伏的精神,继而照亮人类的未来。

卫国强先生的诗歌就是这样。例如《我看到了远方》:

"天空蔚蓝。删掉了多余的云彩/只用深邃/廓清尘世关于高贵的概念/脚下大河流淌/静水深流/独自登临王之涣的高楼/天涯路上/阅尽大地的繁华、灿烂及诱惑//我却只爱简单/就像远方那座巍峨的山脉/简洁,干净/连棵杂树都不肯有的峰巅/全是皑皑白雪/闪着青凌凌的寒光"

天空蔚蓝,删掉了多余的云彩。诗意的语言,颠覆了我们关于天空的传统表达。诗歌是语言的炼金炉,这种纯粹的语言传达的意象,让人的心灵骤然干净起来。之后的大河、静水、高楼与巍峨的山脉,表述得如珠落玉盘,颇有回旋曲折之意味。诗歌是可唱可舞的文体,读起来要悦耳好听,只有具备音乐的节奏,读者才会随着节奏产生"击节赞叹"的欲望。读起来味如嚼蜡、文字又别无景致的回车体,此类"纸上文本"所赋予的内涵和精神,想来也是孱弱无力的。

《我看到了远方》是《登鹳雀楼》的现代表述。在一样的大景致之下,王之涣看到了远方,卫国强先生看到了人类的未来。人类有三个终极命题:"我们从哪里来?我们是谁?我们往哪里去?"《我看到了远方》很好地回答了我们往哪里去的问题。无论文明如何发展,最终人类要生存在干净美丽的蓝色星球上,在此之下,人心纯粹生活简单,没有复杂的人际纠葛和猜度,没有盲目的攀比和物欲的压力,没有战争、没有强权,没有生存的恐惧和忧伤。每一个人都有一颗高贵的心灵和十足的尊严,与大自然和谐统一地生活在这个人世间,慢慢悠悠,地久天长,恰如陶渊明所说:"采菊东篱下,悠然见南山。"

远方那座巍峨的山脉
简洁,干净
连棵杂树都不肯有的峰巅
全是皑皑白雪
闪着青凌凌的寒光

诗意的远方给我们描绘了一个完美世界。雄浑、高古、典雅、纯粹。诗歌这种有意味的形式让人的心灵充满了梦想;而这首诗中那座皑皑白雪、闪着青凌凌寒光的山脉,有着禅悟般的韵外之致。我想那是人类精神所凝聚的光芒,大山一般横亘于远方,等待着我们一步一步地靠近。这样说,不只是我们,也是卫国强先生的诗歌走向。

山峰上，人间最寂寞的心跳

王太文

走在市街，我的心念着：亲爱的
站上山峰，我念出了声：亲爱的
亲爱的是谁
身边的孤松，颤了一下身子
以为我在叫它
不远处一朵白云，游过头顶
以为我在叫它
它们在眺望，或巡游
在等待，或找寻
它们听懂了我几十年孤寂的心
发出的声音
愿人间之外
我寂寞的心跳
发出的轻轻的亲爱的，是在叫它们

几个朋友看了我的诗集《我站在我们边缘》，不约而同提到这首诗，问我写这首诗时的心境。这首诗同我别的部分诗一样，写我渴望爱情的心情。只是这首诗抒发了我接近天命之年、在人间之外极度寂寞凄清绝望的情怀。

很多年，我在人间里不适应不附和，很多意外让我受伤，我便去迷恋大自然。只有在大自然里，我才获得快乐和安宁，不用提防任何一朵花，一棵树，一只蝴蝶。它们是美丽的、善良的、温和的，是大自然美好的人民。山峰上，是我走到的最边沿，可以眺望未来。

我的孤独更多时间里是沉默的，在市街里，我只能在心里念着"亲爱的"三个字，来到静静的山峰上，我才会释然地念着声来，虽然不是一个具体的女孩的名字。我像是向山峰求取同情和援助，想从无限的天空里听到神灵的指引。山峰上的孤松和白云也是孤独的，都以为我在叫它们，它们也渴望爱情，几十年里也在寻找爱情，也是失望的。我在山峰上的自言自语，是它们第一次听到的声音，终于听到的声音，亲切温暖的爱的声音，发自人间的声音。它们还听到了我寂寞的心跳。人间没有知音，我产生了幻觉，我写它们对我的自言自语的回应，更衬托我极端的凄凉孤寂和绝望。这种写法不是技巧和设计，丝毫没有激动的歇斯底里的语言的高扬和营造，只是人生繁杂疲倦的际遇之后，自然而然的低调的诉说，更让人感觉到这种孤寂的亲切真实和纯净。这是没有技巧的技巧，更容易走进人们的内心。我觉得以简洁朴素的语言来写深邃极致的心境，才是诗的本质。

爱情是难以获得的。所以杜甫才有诗句："绝代有佳人，幽居在深谷。"这首诗是我在接近天命之年，对爱情渺茫的喟叹。

周守贵,网名青竹无语,江苏沭阳人。《当代诗人》杂志编辑部主任,兼中国诗歌网江苏频道编辑部主任、宿迁诗社社长;中国诗歌学会会员,第二届"十佳新锐"诗人;作品刊发于《星星》《诗选刊》《扬子江诗刊》《中国诗人》《当代诗人》《人民日报》等,作品多次获全国大赛奖项。

仿佛天空。桃花油菜花梨花,
还有准备开的,都是亮化人间的星和光,
那些凋谢的,回到自己暗淡的星座。

仿佛河流。阳光一样灌溉。
起初,绿色汹涌成河,花事盛开。
后来,稀释清明泪、落花伤,以及春光。

仿佛花季美女。春风拂柳,娉婷多姿,
次第开放季节柔软的旅程。人面桃花,
梨花带雨。这是灵魂安放和皈依的地方。

——《四月》

作者诗观:关注,高远,纯粹,唯美。

龚　璇,江苏太仓人。江苏省作家协会会员。业余习诗,在《诗刊》《中国作家》《扬子江诗刊》《上海文学》等多种报刊发表作品300多篇。著有诗集《或远或近》《燃烧,爱》《江南》等6部。曾获《诗歌月刊》2012年度诗人奖,2016年《现代青年》杂志十佳诗人等。

高楼困扰风景,雾霾拉紧灰色的幕影
草木乞怜隐形的风
云朵,匆匆赶我回家

谁,丢魂落魄,穿行迷宫一样的楼道
那唯一的灯盏,忽闪忽灭
传染绞痛的心病

此刻,听风,听雨,有一种滤空的感觉
在身体外,抵御自己的影子

——《窗外》

诗观:在颠覆语言的过程中,诗歌创造着独特的意境,更给读者阅读的享受。如果一百个读者,能够从中读出不同的感受,这样的诗应该说是成功的。诗是内心的留白。

赵建华,70后,山西和顺县人。中国诗歌学会会员,山西省作家协会和散文学会会员。在《山西日报》《山西晚报》《晋中日报》《都市》《山东诗人》《乡土文学》《九州诗文》等报刊上发表作品300余篇(首),并在各类征文中多次获奖,部分作品被收录到《光线诗人诗歌精选》,获太原晋中第二届"天星杯"2014至2015年度新锐诗人称号,著有诗集《诗海拾贝梦如初》。

一个月内,我被手术了三次
每一次的开膛都让我,经脉
裸露,肝肠寸断。每一次
都不缺少堂皇的理由,和
冷漠、粗暴的切割。如果
能来一次集体会诊,或许
可以减少两次撕裂的苦痛
　　　　　　——《疼》

诗观:诗歌是心灵的语言,是灵魂深处的声音。诗歌的殿堂是我一生向往的精神圣殿,我虔诚地用生命的全部皈依它。

田来剑,山西晋城人,基层公务员。二十世纪七十年代末受朦胧诗风影响开始文学创作,对诗歌有着持续深入的思考和卓绝严苛的探究。至今有二百余篇诗歌、散文、评论见诸报刊。

我想,生命
注定婉转如河
因为会有
一路羁绊
但,下一湾的风景
上一湾的过客
怎能领略……
　　　——《生命》

诗观:甘从千日醉,耻与万人同。

刘金山的诗（组诗）

刘金山

又见桃花儿开

今天清晨
院子里的桃树
开出满树粉红的花

他久久地站在树前
看着
心情就像这几天
柳丝缠绵的绿意
清清的
软软的
甜甜的那种感觉

毕竟
走过残酷寒冬的老人
等来了
又一个春天
他，又多活了
一年

是啊
他心里说
我还能有几个一年呢

2017 年 4 月 1 日

在桥上

没事时
我常常到桥上看看风景
心痛时
我也愉快地到桥上去看风景
高兴时呢
我会心静如水地
到那座桥上去看风景

桥下的风景，其实
是我昨天的一页故事

2017 年 5 月 14 日

一个人的一次经历

一场特大的冰雹袭击
在去年夏天
把院子里满树青青的山楂果
砸得个精光
遍地凄凉

山楂树
你疲惫、衰败的身躯
挺立着
熬过秋

又熬过冬
今年春天
你啊,山楂树
又开出满树繁茂的白花儿了
我向即将会红透的山楂果问候!

站在山楂树下
我恭敬地向你鞠一躬,请你回答我
去年的那一刻
你曾屈服过吗?

2017年5月21日

关于上海的杂感

我说过,我惧怕上海
我在那里住了将近十年
理由还用我再说吗

这一阵子
可能看上海拍的电视剧多了些
我的想法开始有点儿变化

不是我突然变得有钱了
或者就是
我被诱惑了

2017年5月23日

雷 声

这三伏天儿
雷声是清凉的信号
整个下午
雷声滚滚

我们期待着
瓢泼的
或者零星的小雨
也好
然而,整个下午
依旧只是不停的雷声滚滚

2017年7月12日

车,在京深高速公路上

从标准的进出口
我坐的车驶进高速公路
车灯看着"京深高速"四个大字
这是返回北京呢,还是驶向深圳

我是要到深圳去
那里的出口肯定和国际接轨
我是去看一个朋友
并不打算出逃

车子突然回转一百八十度
穿过坚硬的隔离带
驶入相反的方向
我在梦中看见这一切,然后醒来

车灯的亮处
依然是"京深高速"
司机说:"京在前,深在后,
您老就放心地坐着吧。"

我不是司机
在这黑夜里我辨不清方向
方向盘在他的手里
不用我这个坐车的老家伙操心

老父亲（组诗）

陈　瑞

凝　结

弓一般拱起在苍苍茫茫的黄土坡
我想是该收获了　收获高高的黄土坡
收获山里人赖以生存的命根子
收获山民们劳累疲惫的歌
收获眼前刀一样割人剐心的太阳光
收获背上利利落落的碌碡汗
收获歌声里嘶哑粗犷的夏天情，
收获水一般清凌迷人的信天游
开镰吧，开镰吧，开镰吧
跟着风烛残年佝偻身躯摇摇晃晃
风一吹准能摔倒的
又不甘倒下的老父亲
老父亲是山里的男子汉
伟岸的身躯曾扛起长长的一条河
那条河是一条象征民族精神的河
它的伟大名字叫黄河
它是由一个女人开发的
女人的名字叫女娲
女娲对混混沌沌的世界很讨厌
于是用棍子划出了几根（条）道道
汗水流下来便成了今日的河
由于黄土捏成的人老出汗
老在河边跳跃呼喊收割耕种
黄河才高兴，才奔腾

才凝结了骨瘦如柴的老父亲
他能不凝结吗？一切都集中在
他硕大无比，钢浇铁铸的骨骼里
黄河的骨质叫中国
中国托起了一条河
河中凝结着两个字："中国"
日日夜夜照耀着今日的黄土坡

发　展

我扑进了这波涛起伏的金海洋
眼前出现了异常清晰的起跑线
诺贝尔，那疯疯癫癫有点神经质的
研究如何用火药为人类服务的老头儿
在那儿鼓捣着，设立着呕心沥血的
什么奖，罪恶！奖什么呢
奖争名夺利，奖那无休无止的
屠杀、征战？我想，用不着这样了
叉开枯树般的双腿
牢牢站立在祖先的土地上
我愿意设立中国——割麦奖
看看在这嗷待龙口夺食的大地上
谁能汗水淋淋，夺取这收割
可爱、收割麦子的第一个！
谁能在这赤日炎炎的阳光下
抹掉脸上的汗珠

骄傲地高呼一声"胜利了!"

精神境界里,向上和堕落不一样

劳动和剥削不一样

奉献和掠夺不一样

能向着沾满血腥的铜臭进军吗?

中国,似乎经过一场大辩论

又该回到土地了,黄土坡

唱一首激越无比的战歌吧

黄河岸边,"我们的队伍向太阳"

休 息

我四肢大摊。爽爽快快

如释重负,仰面朝天

躺在了绿柳浓荫的大树下

躺在了母亲那馨凉宽阔的怀抱里

农民伟大,谁也不愿意做农民

劳动伟大,谁也不愿意来劳动

难道这些理论、见解僵化吗?

我爱好诗,诗不爱好我

强扭的瓜不甜,我只能当农民

只能是一个土里土气的山里人

山里的孩子,洋装虽然穿在身

气质上怎么也改不了满身土

我想,在诗里面来个翻天覆地吧

把中国的精神,民族的自豪

气魄,都统统集合在诗里

让我们老老实实劳动吧

夏季收获的季节来临了

来吧,让我们在思想上,土地上

把祖国最需要的种子

毫无保留地全部播种在

中国,这片广袤无垠的土地里

土地会长出蓬勃旺盛碧绿碧绿

金黄金黄火焰一般的丰收的

父 亲

他弯着腰,空隙里蕴藏了

历史、人生、真谛和辛酸

佝偻着背

上下流淌着黄河和长江

历史该他背负吗?

错误该他背负吗?

压得他腰弯了,背驼了

我知道,总有一天

他会奋不顾身直起腰

宣告道:我——不是挑夫

我不是奴隶,这些都不属于他

都不属于父亲弯了一辈子的背

我呼吁:为老了因而显得迟钝的老人

为拐腿、跛脚,需要搀扶的老人

写一首关于生活道德、义务

以及关于良心的诗

在艺术的宫殿里

"父亲"两个字,永远闪烁着光芒

秋之短章（组诗）

迪哲锋

牵牛花

蝈蝈敛声
去忙着筹措来年的演出季
蜜蜂循着花的踪迹去向远方
蝴蝶听到冬的跫声早早匿藏

牵牛花在瑟瑟的秋风里
仍葳蕤着势与楼宇比高低
和攀附的电线较短长

乖乖女

夕照里踽踽独行
身影被谐谑拉长

人生的天平
事业成功那端高翘着
快乐被勃起的信念和执着填充

无瑕的乖乖女　畸形的完美追求
暗夜里是否有　未曾启齿的惆怅

秋　鸿

在鸡和鹰的眼里
永远是蔑视和嘲讽的对象

草木繁茂是生的惬意
鱼跃虾戏是活在天堂
迁徙往复
被镌刻进家族的规章

远霜雪　别雾霾
看流云　春秋迥异的风景
团队的阵容
划破漠北到江南的苍穹

芦　花

在湿地　在草甸
一簇簇　一蓬蓬
曾供水鸟筑巢
曾为野鸭遮阳

发黄将枯的叶子
瑟瑟着在寒风中起舞
慵懒的阳光　涂抹了一道
令人艳羡的金黄

勾起了游鱼的哀伤
祈祷来年　再给它们撑起
生命的帆帐

仰　望（组诗）

郭雅敏

父亲的眼

升腾在巨大的轰鸣中
一阵阵眩晕
城市在垂直下陷　浮云在滑落

钢铁的鹰在爬高　眼前的景物
如棉　似海　像茫茫雪原的飘带
云层　在机翼下铺开
天出奇的蓝　我成了一块
一尘不染的起伏的玻璃
晶莹与混沌
高天厚土　都能透视我

太阳　在天边带着神圣的光环
一如父亲的眼　注目　凝聚
让我想起

阡陌间的黄花　待哺的羔羊
故乡老屋屋檐下的燕子　它们
都在透视我

浣花溪的水

浣花溪的水　原本是欢快的
自从与那位住着茅草屋
忧国忧民的诗人为邻

也开始变得忧郁起来
忧郁得越来越深　越来越绿
就连溪畔的几丛青竹
在诗人的吟哦声中
也将节节脊椎傲然挺直

诗人去了
留下秋风中骨瘦嶙峋的
茅屋　陪伴一直深绿着的浣花溪
日夜抑扬顿挫地
诵唱

高　度

炎帝
俯瞰苍生万物于
上党之巅

在炎帝的身体里
我沿着钢铁脊柱的脉络　向上
穿越智慧璀璨的时空隧道
寻找祖先的
高度

走出炎帝景区　我发现
自己竟是先祖捧着的
一粒谷子

黄土地、朝气和蔚蓝(组诗)

赵建华

寻　觅

在一个风里

和水里都带着光芒

的日子　我和我的兄弟

在黝黑的土地上

行走着　像一把标尺

为被生活打磨了一生的爹娘

寻找一块墓地　寻找一处

他们能够与霞光最近的距离

那时　他们离这片土地

很近很近　他们围绕着这片土地

把脚趾　肩胛和前额

栽在了这里　他们在田里

舞蹈着　前倾着

有时　他们的嘴唇低得

还能够触碰到泥土

当他们告别灶火　告别了院落

告别了相守过的辘轳

却始终　攥紧了一把故乡的黄土

不肯松开　他们用最后的力气

要把故乡带在身旁

在离村庄最近的地方

在离霞光最近的地方

在离家乡的一首歌儿

最近的地方　他们安息着

生死有法

雪雁妈妈不辞劳苦地孵蛋

三个月后,一群小雁出壳了

毛茸茸,甚是可爱。一只北极狐

觊觎已久,趁雪雁妈妈外出,偷袭了

这群稚嫩的生命。贪婪的大嘴

一口就叼住了四只,还剩

最后一只。当再一次张开嘴时

口里的小雪雁就会掉落,反复几次

总是不能如愿。愤怒的雪雁妈妈回来了

冲上去拼命。仓皇间,北极狐

叼起了一只,落荒而逃

转几个弯儿,隐入巨石后的岩洞

五只毛茸茸的小北极狐,欢呼雀跃

争抢着,那只还没有断气的雪雁

烧一本我的诗集给父亲

诗集出版了,我最想送给父亲

一本。读或不读,都无所谓

当年,父亲强压着肺部,忍着

疼痛,省下买药的钱,供我读书

识字。那些诗歌里或通俗

或晦涩的字词，都凝结着父亲
朴素的心愿。可他走得太突然
太匆忙了，没有留下通信的地址

多少年了，我们想说的话
想捎给他的东西，都在那个
特定的日子，在与他最
接近的地方，默念或者焚烧给他
今天，那燃烧的一页页诗篇
像飞舞的黑蝴蝶，久久不肯离散
耀眼的火光，温暖的火焰里
有一种只有我，才能感受
得到的慰藉和力量

执　拗

虾虎鱼身长不到两厘米，寿命
只有五十九天。出生在
深邃、浩瀚的大海
拥有斑斓的珊瑚礁和青青的
海底牧场。然而，它却更向往
清澈、宁静的小溪。溯流
而上，成了一代代
虾虎鱼不变的信仰

巨石、陡崖，阻挡不住
追寻的梦想。　毫
一厘地蠕蠕而上，一不小心
就会跌落得粉身碎骨，一滴
下坠的水珠，也能将它打回
万劫不复的地狱。可它的
遗传基因里分明没有害怕和后悔

攀岩、攀岩、一路登攀
在它们的生命里，只有
英雄可以敬仰，只有
烈士可以原谅

播　种

一粒种子
在春天的细语中
开始舞蹈 开始有了心跳
她朝圣的面孔
干净　整洁　而怀揣着
一朵花的念头　春寒料峭里
有锹　有犁铧为她
临摹和定格
并且　充满了朝气和蔚蓝
土地生动　而开始流传
一粒种子的故事

在父亲坟前朗诵一首诗

我脚下的黄土地里，种着
父亲和他的理想。春来了
约定的日子又到了。我为
父亲写了一首诗，想着
在他耳边，轻轻吟诵

想不到，一个冰封三十二年的称呼
刚叫出口，泪水就窒息了我
一句句哽咽的诗句，战栗着
周遭的空气。我努力平复　舒缓
尽量接近父亲能听懂的乡音

苍 生（外二首）

武恩利

一场巨大的颠覆
让远古消失
破碎的岩体压着龙王的尸体
压着昆虫和贝类

夭折的肉身变成冤鬼
夜夜乘风呼号
尘埃里爬起的余生
咽着感伤将生命继续

岁月的光照
慢慢淡化劫难的伤痛
崖壁上的草木迎着春雨
年年绽开无声的花蕊

大地承载所有的痛苦和欢乐
日月轮回，生生息息
房舍里的后人，代代传颂
神话与凡人的故事

燃 烧

裂变
撕开一个断面
带血的骨头　在日月下风干
悲怆的心在腔壁碰撞出火花
灵魂的凤凰在浴火中涅槃
让痛苦的火焰

焚烧尽阴霾和羁绊
还我原始的形神和色彩
猎猎惊雷裹挟着
自由、新生的
呐喊

一群人

一群人来到这里
点燃星星之火
一群人来到这里
把许多匍匐的人拉起
一群人为了信仰
热血洒落在大地
一群人为了民族兴旺
背负重托鞠躬尽瘁

一群人跟着一个世纪走了
成为红色的记忆
一群人随着一个时代开来
手挽手进行接替
一群又一群的人，在这里
传承使命，接受洗礼
握紧的拳头、庄严的誓词
让他们在旗帜下
前赴后继

诗歌二首

赵立宏

一个鸡蛋磕了两次才磕开

四叔第二次
脑瘤手术后
欠了一屁股债
七十多岁的奶奶
去四叔家
伺候病中的四叔
有一次
奶奶在厨房做饭
一个鸡蛋
在碗沿儿上
磕了两次才磕开
躺在卧室床上的四叔
听见了就喊
怎么就打了两颗鸡蛋
奶奶赶忙出来说
孩儿啊
是一颗鸡蛋
娘手有点儿抖
磕了两下

机关理发师

机关后勤的
理发师是正式工
给领导理发时
仔细热情
给干事群众
理发时
态度生硬
就像领导
一次我排队理发
发现他的发型
五官
尤其是上嘴唇
留的胡子
竟然很像
鲁迅先生
表情冷漠时
就更像
这一刻
我原谅了
他对我
曾经的扯淡

赵立宏 山西屯留人。1995年开始诗歌写作,1997年开始发表作品。有诗歌入选《新世纪诗典》《中国口语诗选》《1991年以来的中国诗歌》《当代诗经》等选本。著有诗集《如意金箍棒》,编选有《喜欢的外国诗》等。

把足迹走成诗行（组诗）

项玉兴

过理塘忆仓央

仓央嘉措
你是雪域最大的王
你是俗世最美的情郎
布达拉淡漠了你如梦的年华
八廓街忧郁了你深情的目光
多情的少年　身坐菩提
不忘凡尘梦一场
世上哪有两全法
狂风折断翅膀　仙鹤未到理塘
我相信　青海湖那个夜晚
你胸中在倒海翻江

你的灵魂使人震动
你的痴情　你的爱
刻骨铭心　铸就史诗
世人难忘　多少人　为了你
奋不顾身寻梦高原
找寻那轮皎洁的月亮

唯美的情诗被你写尽
你的执着　你的无奈
你的叛逆　你的忧伤
早在传说和诵唱中
飞扬最美的篇章

再见西藏

离开珠峰　离开布达拉宫
海拔一点点下降　心情难以平静
一路惊悚之旅　一路超级美景
意犹未尽　余情未竟
两脚量不完世界屋脊
双眼览不尽雪域美景
喜马拉雅雄浑　磅礴
珠峰似利剑　直插苍穹
纳木措的湛蓝　布达拉的庄严
大昭寺的虔诚　雨后彩虹的倒影
一路来　双眼直勾勾
如梦如幻
似仙境

我把心境丢在了高原
舍不得走
身已离　心未动
即使回到故乡
梦境啊　也会化作
哈达般的高原彩虹

游罗马斗兽场

面对这浩大工程
面对这庞然大物

相机也难免惊慌
遥远的过去
十万战俘和奴隶
皮鞭棍棒招呼下
抬着沉重的巨石
汗在流　血在滴
眼无光　面无色
身上鞭痕累累
抽打着哆嗦的太阳

看台上　高贵的人
轻蔑的眼神
狰狞的笑
场地下撕心裂肺
反差巨大的镜头
烙铁着砰跳的心房

我看着
一个个拱门
如血盆大口
狰狞　可怕
而我的黑头发黄皮肤
提醒我　这是异乡

过泸定桥有感

两岸群山连绵
壁立千仞凶险
大渡河鹅毛不浮急流奔湍
拆去木板的十三根铁索
固若金汤　一夫当关
望之生寒　绝境中的红军

昼夜行程二百里
二十二勇士用血肉之躯
组成通向希望的台阶
让危难中的民族　化险为夷
一个个匍匐的身影
铿锵成国歌滚烫的音符

旅　行

生命即旅程　旅行即梦想
灵魂如风　身心自由
梦装入行囊

走
走进雪域高原
飘舞的经幡
转山转水转佛塔
走进辽阔的草原
风吹草低见牛羊
走进江南小桥流水
青石板路油纸伞下的邂逅
走进古朴的老街
断墙残垣　斑驳沧桑
仰望璀璨银河　数星星点点
俯瞰悬崖急湍　看浪花激荡

远离喧嚣
隐入自然苍茫
净化心灵　物我两忘
那一声鸟啼　那一条山泉
那一片树叶
任尔猜想

镜子里的影子（组诗）

刘晓光

农民建筑工

他们
破旧不整的衣裤上
常绣着泥浆的点点斑痕
只有那顶红黄蓝白的安全帽
撑着飘忽不定的命运

他们　脚手架上
砌着太阳　削着月亮
他们　用厚厚的茧花
托起了高楼层层
却只能栖身潮湿的工棚
只有夜晚想家的时候
滚烫的呢喃才能溜出梦乡

他们没有节假日
当月上中天　这些汉子
把只只酒瓶喝空
然后酣畅淋漓吼上一顿
仿佛世上所有的幸福
都被他们一饮而尽

春天里

大地快乐着　春雨轻轻地
将情丝洒向万千绿树

垂柳婆娑着一对佝偻的身影
他们搀扶着　像在赏景
草分外绿　花格外红
眼前的一切仿佛视而不见
他们最欣赏的景
在彼此心中

我和我的影子

阳光的时候　它跟在身后
天一变　就消失了
电闪雷鸣　更是无影无踪

夜晚　灯下　我伏案描绘未来
他在背后紧紧相随
无风电扇微微吹着
像有人柔柔捶着小背

半夜起身小解
暗中慌忙摸索　差点摔倒
这才想起　黑的时辰
它是不会到来的

如果可能(组诗)

桑小燕

祭 品

我愿意是诗坛上的祭品
在众诗神的光辉下　渐渐枯萎

我愿意在寂寞中被供奉
在高高的供台上
俯视那些面孔朝上的人

我甚至愿意成为被焚烧的香火
在明明灭灭中变成灰
我甚至愿意成为灵魂卑微的朝拜者
在无数个咒语中
消失在人们的精神里

我愿意是诗坛上的祭品
慢慢老在那些字句里

如 果

如果有可能
我愿意回到女娲的手里
在泥水中　重新轮回

如果有可能
我会亭亭玉立
站在伊甸园的门口
手里捧着我的诗和爱情

如果有可能
我愿意生命中永无缺漏
我愿意用尽所有诗句
来弥补那些遗憾

聆 听

一只不知名的虫子
在轻轻吟唱
夜色漆黑　谁也无法判断
但小虫子没有停顿的歌声
吸引了独自行走的赶路人

赶路人脚步匆匆
没有一丝光亮的夜晚
这鸣叫就成为航灯
一切都是因为黑暗
黑暗将陌生隔离
谁都是对方的领路人

黑的好啊
黑把机会让给耳朵
黑的色彩缤纷潋滟
于是就生长许多想象
在无疆域的世界里
自由聆听

为你温一盏酒（组诗）

和飞燕

这条沟

我不知道你在这里多久了
荒草一年又一年,把你陪伴
尘世的炎凉沧桑你又看过了多少呢
鸟飞兔走的好日子
大概真的快没了

这些年,我们一次次经过你肋骨
在你的胸腔上照看被灰烬掩埋的时光
你的沉默,一如既往
拢住不同季节里或快或慢的风
却守不住将要被挖掘的命运

坡上,放羊人的吆喝偶尔响起
还没来得及回响
一寸一寸,就掉在了泥里
而那些低头吃草的羊
又怎么说得出心底的爱恋啊

遇到一朵花

贴近泥土,亲近芬芳
薄荷,艾蒲,车前,青茅,苦苦菜,芨芨草
还有一朵花,一朵盛开的郁金香

阳光恰好,露珠的弧度与温度也恰好
花蕊释放的柔情

覆盖了生长的疼痛与困惑
低头,抖落尘世的障碍
倾听一朵花的诉说

从前世到今生,短暂且匆忙
这绿,这红,这蓬勃到极致的生命
这无处不在的爱
让荒芜的生活
不敢有丝毫的懈怠

初春,为你温一盏酒

烟花摇曳,冬已远走
我看着春天的脚步细细碎碎地逼近
额上的皱纹沿着眼角滑落
不易察觉的微笑,像涟漪荡开
一圈,一圈,却找不到归途

千朵万朵盛开,又如何
漫上心头的还是疼
风瘦。雪融化
春还浅
为你温一盏老酒,暖心头

铺展折叠的岁月(组诗)

若 何

雨水落地

料峭春风　以一把刀的形式
穿透我的臃肿和愚钝

我把折叠起的岁月一张张铺展开来
在这个沉寂的夜晚
我看到了自己迷茫而潦草的一生

二月空空,我向远的目光亦空空
有鸟鸣掠过我清瘦的枝条
雨水落地,与我的节日轻声契合

天命在天,我的一声叹息
无关恩仇,无关风月
也无关火炉,和酒

天就快亮了。我告诉自己
我要在天亮之前绾起发髻
让透过荫翳的小窗照进来的一缕阳光
看到我从岁月的褶皱里舒展开的一抹从容

不 眠

风过,像是一匹马驰过
扬起的歌声
跌落在十月　这个欲雪的夜晚

没有星星
夜色被一声声汽笛一遍遍撕开
又合拢

午夜。不必临窗
寒风已经在窗前盘旋了很久

最后的暖

雪还没有来
河面上的冰
一再被不合时宜的气候侵袭

衣带渐厚
思绪愈来愈臃肿
而你,依旧在时光之外孑然独行
一行行泪,落在一行行脚印里

我无法入眠
也无法让自己从一场梦里醒来
风从窗前掠过
四野都回响着你撕心裂肺的歌声

今夜,请让我用张开的双臂为你遮挡寒风
我在傍晚捡拾夕阳和炊烟
捡拾冬至前最后的一点暖,给你

在醇厚的老酒中睡去（组诗）

赵　琳

鸣　蝉

三百六十五天的间距,造成
彼此的淡忘。为此
我一首古诗
反复吟诵了几个朝代,六月
又为你的歌而绿,我不是局外人
浓荫下的阴凉
像一场多年的病,像这个季节
梅雨的往事

从厌倦这个夏天开始厌倦一根肋骨的疼,或许
你的而至比蝉鸣精彩
可我已不能被鸟的叫声带走
留下它
知了——知了——

灵　感

围坐喝酒　饮茶
诗人们七嘴八舌
你柔弱敏感
犹如四月天的雨,成就过我的
欢颜,我的明目

那些来来回回的春光
游移不定地在每个人脸上,生动
柔和。那些模仿的油画、挂饰

天花板剥落的泥浆
都是他们不厌其烦端详的细节
白色玻璃 黄色围帘挡住了风
也挡不住他们——

此刻,我只想
靠在谁的肩上,睡去
在一杯醇厚的老酒中睡去
在你到来之前睡去
此刻,外面的雨下个不停

绘　画

夹上纸,比例
天地留白
顺着笔尖
安分地落在纸上
像一块整好的花圃,依次绽放
六月的花朵

我之所以
选择花事为主题
用这种方式
告诉我爱的以及爱我的人,让他们
拥有一份,我伫立泥土
默看花开花落的心情

风雪里，故人不约而遇（组诗）

王小佳

冬至书

冬至。到了天寒地冻的年根

之后又有春光

会从岁月深处转过身来

催动百花齐放

不用急，依着次序

水到自然渠成

此刻，我不仰慕高山大河

也不忧心生死荣辱

只想在心中写下一个字——平

祝福余生的时光

依着顺河而来的因果

专注于应有的爱，慢慢来

今天，且让我们

满怀着温和的欣喜

擀面、包馅，煮一锅热气腾腾的饺子

咀嚼上天馈赠的幸福

在雪中

高楼下的街角花园

被染得古色古香，在清晨

我撑着印花伞，踩响厚厚的积雪

落叶与雪花在寒风中

踏着凌空的舞步

我似乎忘记了要去的地方

站在公交站外，寂静中

默默地想你

隔着漫天白雪，恍惚间

你的身影

如一角飞檐，探出雪中的小亭

风雪里，故人不约而遇

相对品茗、煮酒、听琴

消磨世事，虚无而沧桑

雪，带来了平静和洁白

雪一直下着

如此安好又如此欣喜

夕阳对话

群山绵延远望

大地铺开了宽厚的胸膛

寒风屏住了呼吸

一切都静默着

听，草叶、老树和夕阳的对话

那些发自灵魂的零星低语

点亮了空中潮湿的眼泪

老树抖落叶子，伸开颀长的手臂

从根部捧出一颗红心

一霎时，天真的草叶欢快地飘舞起来

天空的脸布满了慈祥的红晕

月下抒怀(外一首)

白艾英

夜幕　在月光的辉映下
皎洁静好
我走在丛林中
仿佛携带一颗
倒挂的魂灵
在浅梦中　步入神秘的浪漫

很多时候　我们有过步履蹒跚
有过踌躇满志
有过深一脚　浅一脚的时光印痕
只是　我们常常在生活的滤网中
选择打捞一些愉悦的瞬间
在过往的时光里
我们依然会有一颗宽容的心
只是　我们的心
依然会　隐隐作痛

那　浅浅的一潭碧水
忽而明亮　忽而暗淡
在暮色降临时
睡莲微闭着眼睛
身后涌来风的气息

只想把人间大美留在心底
把爱过的事物再爱一次
那倒影　那水波
那红　那绿　草坪上的帐篷
水之湄柔软的芦苇荡

微风摇曳着树叶的婆娑声
还有我们　渐渐放慢了的脚步

紫　藤

微风　吹开初夏的花瓣
凝露　打湿你轻柔的气息
微醺的阳光轻轻掠过
温柔的耳畔
触摸到夏的心脏

行走在时光深处
梦想唤回失去的光阴
踩着初夏的鼓点思量着
爱你几分才能恰到好处

我看到　紫色的藤蔓
漫过时空
坠落一季色彩
跟随着自己的影子
探寻一切事物爱的永恒

你的沉默
击打着燃烧的灰烬
该用多少词语的触须
才能温柔你内心的安宁
疗养你心中的疼痛

诗六首

岳晓霞

寻梦太行

北方云梦泽，
大美太行风。
险峻不输岳，
雄奇别有闻。

游红豆峡有感

鬼斧神工破壁开，
峡谷奇观天下筛。
红豆北国只一处，
无须远道去即来。

峡谷悠情

绝壁清幽处，
一池碧水旋。
红杉守两侧，
滴泪成思泉。

品　茗

梦里又飞花，
缥缈入云崖；
醒魇终虚化，
依风煮清茶。

赏《传奇》

凝眸骛天边，
流连游心田。
绮梦多成憾，
逝者如轻烟。

散步早晨所见

银杏枝头黄鹂鸟，
清风河畔绿柳条；
草湿露重双垂钓，
霞粉云波漫岚桥。

梦（三首）

玉 玲

一

残阳如血
映红了天空的蓝
蓝与红的结合
这种颜色，不喜欢

独倚窗前
望天空的奇怪色彩
扭曲的美
想走、想飞、想出逃

揉碎了现实
为梦添了新翼
谁能温暖谁的心？
谁又能懂谁的情？

二

露珠儿，晶莹剔透
在梦里，比钻石更耀眼
幽幽的日落而聚
日出恋恋别过叶尖

白天悄悄来了
有人却入梦了！
夜晚静静来了
有人却起床了！

夜不再黑
露珠也带着忧伤
人们吃着各种转基因
得着各种奇怪的病

闭上眼睛
还是梦里更美
没有衣衫不整的人
没有灯红酒绿的夜

三

手心捏着一片翠绿的叶子入梦
于是心竟被叶子带走了
乘着叶子小舟
穿梭在星海中

银河璀璨闪耀
偷问，叶子舟
我们能否把织女带到牛郎身边？
一路欢歌

采了一朵天空的蓝
替牛郎送给织女

看到相拥而泣的他们
我们笑了

在希望的田野上（二首）

赵传昌

立 夏

田里的麦苗,牵着五月的风
一天比一天拔高
它的叶片那么纤细,纤细得
只能容下一滴歇脚的露水

晨曦漫天,太阳摊开大片金箔
树叶缝隙,筛下无数晃眼的银珠子
风暖暖地吹过——
三千亩辽阔麦田呼吸均匀
一棵刚露头的麦穗,抛一个媚眼给立夏
它眨着,五月青绒绒的睫毛

赶脚的雨来了,尾随立夏而来
雨中扑簌簌的花枝,手臂遮拦在半空
花蕊含下湿漉漉柔情
穿梭的雀鸟,把桃林的馨香,一遍遍
淋漓到百里乡野

种瓜点豆,正是好时节
一畦畦刚开垦的处女地,植下农人隆起的盼头
小麦继续绿着,风吹日夜不眠
青涩麦穗正涅槃六月金色好梦
而田间小路蜿蜒,像村庄伸出的一柄钥匙
打开五月的葱茏,让大片大片阳光
住进农家丰饶的夏月……

丰 收

拨开麦拢
用一双粗糙手掌
翻阅大地的预言?
麦穗攒动,五月的故事里
农人都怀揣沉甸甸心事

耕种,是秋冬春的责任
土地宽厚层次
穿插的根须脉络,抱紧了乡野淳朴
农人拥着春风夏雨,一起亲昵麦田
五月的粒实压弯了麦秆
麦穗从骨子里透出,太阳的虔诚金黄

五月没有遮掩
夏季风掠过鲁北的一畦畦麦田
漾起海一般波动的涟漪
农人的笑靥如回荡的漩涡

麦粒加速五月的心跳
村庄的梦围着麦田一圈 圈打转
太阳在五月,晃动着一顶金色草帽
乡村的月牙——
磨亮了农家,收割梦想的镰刀……

瓷器的回忆

陈思同

一个袅婷的女子
在蝶的幽梦里曼妙
一望无垠的矜持
抵抗不住,一双手
放荡不羁的舞蹈,任凭
掠过泥土的月光
撩发轻狂,打开
她的缠绵
把夜撕碎,装进
脆薄的面具
本欲做红颜,却沦陷进
青瓷,以凝脂的身躯
埋住了昔日的芬芳
站在弯曲的光里,采集
岁月检阅的眼睛
别摸她,一抹暧昧的流光
漫过饱满的情绪,溢出
平平仄仄的回忆
手指触碰的暖,会烫醒
旧时情人的寂寞
油彩裹住了泥土的面容
氤氲出的水袖一剪
如水,似云,若烟
旷世清魂的格调
装点谁的生活,看护着
一年又一年的运气
在隔空离世的疼里,厮守
一首遥远的歌

清晰而朦胧
一滴泪流多久才能掉到土里
多么渴望,银瓶乍破,再次
把夜炸开
用残余的感觉
折成千纸鹤,所有的碎片
一折一叠,一叠一折
完成一千个生命的飞越
沿着来时的纹理,去寻找
河边的少年

桃　花（外一首）

潼河水

桃花是药
倒进爱情的杯盏比相思还苦
人面桃花的女子早已凋零

我打开贞元十二年
春天扑面而来
那个叫绛娘的女子站在河边
脸上的桃花随波逐流

我合上书页
千万只蝴蝶成为标本
一千二百年前的那个春天百花凋敝

含羞草

你是花草里最纤弱的女子
你常站在窗台
看城市的灯火从傍晚开放到凌晨花落

那些晚归的人都干了些什么
那些早起的人又能去做些什么
一个信徒打窗前经过
破旧的衣裳满目的荒凉
一只手伸向你
你闭上粉红色的眼睛
点亮心里的灯

我时常怀念含羞草
怀念三十年前的情人

雪是冬天疼痛的词(外一首)

姚丽蓉

薄霜,清冷
漫天银辉,飞雪飘尽
一瞬的光亮,浪花一样飞溅
荡起涟漪的惆怅
幽幽寒风,邂逅的尘埃
忘了开花,忘了一颗微尘
岁月恬淡,心底清澈
雪落无声,流淌在眼眸里
夜,睡着了
雪却依旧醒着
如冬天疼痛的词语
独自融化

水,独自潋滟

一把夕阳
醉了
晶莹剔透的水流声
湿了
一朵羞答答的菡萏
心语摇落
哼一曲江南小调
如此,优美
水一样,独自潋滟
彼岸,灵魂
一切归于寂静

父亲还很年轻

吴开展

面对村里规划的墓地
母亲焦灼而紧张
动用了所有的关系
终于和父亲的墓挨在了一起

得知老土头又成了邻居
母亲又忧伤起来
父亲亮着眼神安慰着
到了那边,没了外姓人之分
也没了当村长的侄子
还不一定谁狠得过谁
半晌,他又眼神暗淡自语起来
也许他也不会再狠了

挽 歌

徐 慧

你用五月的红,铺满九月的草原
一匹不再识途的老马,有了新途
它仿佛听到熟悉的琴声来自远古
此时的草原,还没有一朵花向它招手

它奔腾成海水,像嘶鸣的长啸
老练的水鸟都躲了起来。仿佛看风景
而你懂它的阔别太久,持续源源不断
延展着引领,直至宽广

前面的九曲十八弯不是你还能清理
长亭前,你没有喝下告别的酒
一个转身就不见了。意念中
老马的世界瞬间苍凉

必定发生了许多不可言说的事情
没有哪种红扛得住太多风雨。天空
不是花生壳。两粒花生米心中
还是唱起了分别的挽歌

至于骑在马上的那个人,已经
决定做柳永,只是再也没有海潮
让他凝望

梅子的季节

谭维帖

绕过石塘的古井
口里一阵一阵甘甜
梅子的季节
在横溪
额头上的风在竹海轻轻穿过
新笋起伏
拟制不住嘶鸣的波澜

白天的静比黑夜更静
精密的齿像坐在车台上的手臂一样精准
身上靓衣脚下酷鞋
还有一次性的笔
全都从农地里打包快递
南站和北站
载着无奈的脚步和体内的血
流水线没有停
天上人间的夜没有了时间

梅子熟了
梅雨把日子一遍一遍洗白
白的在光天化日之下
躲在出租屋里
机械的手臂已成单相思
想,像一座岛
还是老家那截云里雾里的马头墙

牵 手

王子云

父亲是太阳派来的
为此一生向阳
领着我膜拜磊落
这个永恒的图景
是不舍不弃的行囊
我常围着这尊幸福取暖

走过原野
拍手喊出日头
我身躯黝黑的装束
是你所赐
是臣服你的象征

父亲的剪影
义无反顾地普通
不必算活的够不够本
他把剩下的人生留给我
生活会教给你默许
我们多像两棵相望的胡杨

时光多汁才令人品味
这一幅背影淌过的往事
是金灿灿的记忆之河
我手拉的是方向
他牵的是一个世界

牛跟定了犁

洪佑良

牛的一生跟定了犁
从春天的第一场雨开始
牛就停止反刍往事
主人的吆喝和飞扬的鞭影
是这个季节特有的风景
牛从栏里走出来
抖落身上的慵懒和冬天的细屑
牛要跟犁去田野里翻坯

这样的场景演绎了千年
只是,近年来犁越来越清闲
犁铧生锈骨架松散
直到有一天被主人挂到墙上
与一些废旧的农具一样
没有了犁的牛最终跟着走了
牛的头骨挂到了大门的顶上
主人把它当成吉祥物
春天的风吹过去的时候
牛头骨的声音空洞而干涩

词作七首

武正国

天仙子·关心下一代

大手殷勤拉小手,开怀健步朝前走。退休仍在自寻忙,亲教授,夜连昼,尽瘁何忧身渐瘦!

长相思·重负担

明课堂,暗课堂,校外奔波补习忙。被驱填鸭房。身紧张,心紧张,作业如魔闯梦乡。醒来背透凉。

醉花阴·读《古文观止》

一部古书千载展,华夏文明灿。伏案启灯光,心醉神迷,不顾时分晚。德才智慧颇丰满,任我开篇选。莫道价便宜,滋润身心,绝胜豪门宴。

鹊仙桥·步秦观《七夕》韵

牛郎织女,人间天上,约会一年一度。悠悠桥面羽毛铺,问长短、鹊儿识数。光阴荏苒,风云变幻,又到别离歧路。无缘相守两茫茫,总难忘,今朝此暮。

抛球乐·游园

左恋黄鹂树上鸣,右怜斑鸭水中行。一时耳目均无暇,几处亭台各有情。随意长廊坐。忘却风尘利与名。

减字木兰花·养花

闲情弄巧,浇水殷勤时趁早。日照明窗,清静无声花自香。新添品种,身段玲珑颇受宠。莫惧寒冬,室暖如春任尔红。

霜天晓角·数伏

浑身冒汗,恰似群虫窜。浸透衣衫成片,容憔悴,心烦乱。白天蒸气伴,夜间蚊捣蛋。数伏妄言舒服,令人盼,霜天返。

诗十首

李雁红

夏夜吟

晚来非晚月朦胧，摇落秋怀应有风。
渐远渐行谁挽起？绿云一片梦魂中。

2016年6月1日

题雨后彩虹

彩虹美在夕阳前，黯黯销魂一霎间。
好物因何唯有别？流年逝水去如烟。

2016年6月21日

夏月吟

梦里轻轻随步起，深情绵邈总依依。
眉尖心上悠扬曲，月魄扇裁又渐低。

2016年7月12日

夏日逢雨后云遮月遥忆昔日海天观月

海是天来天是海，风生水起玉生烟。
爱怜沧海初升月，咫尺天涯也有缘。

2016年8月2日

敬贺阮泊生书记百岁寿诞

清风明月何时有？淡泊梅兰自有神。
语不及私唯许国，忠诚铸就百年身！

2016年8月8日

贺太原诗词学会成立十周年

云雀声声梦几重？十年昏晓唱河汾。
风华诗路君当数，情是春光爱是魂。

2016年12月8日

冬夜痛悼马作楫恩师

忧心切切一行行，辗转无眠夜且长。
温语犹存人去也，此时此刻此寒窗！

2017年1月8日

观鸡年元宵节灯展有感

非关癖好赏新灯，独爱金鸡第一声。
人说年年花似锦，可知岁岁不相同！

2017年2月11日

题晚来的春雪

我吹一笛痴心曲，君舞千姿玉蝶衣。
都说情深难自己，悠扬入梦是灵犀！

2017年2月21日

清明思亲

悲从衷发泪如泉，和雨和烟拭不干。
梦里依依难再唤，天边隐隐见慈颜。

2017年4月4日

诗八首

张梅琴

梅 颂

凌寒独放早知春,铁骨柔情融一身。
疏影暗香藏玉洁,清芬尽献惜花人。

登 山

曲径登阶身渐高,开怀极目自逍遥。
林涛起伏连云海,脚下悠然盘大雕。

台怀秋思

一踏高台万里秋,寒云缕缕去悠悠。
知它未解相思意,只会飘浮不会愁。

秋登王莽岭三首

一

攀峰穿雾亮双瞳,顿觉高天气象雄。
青紫蓝黄连广野,敞开胸臆向苍穹。

二

一览千峰云海中,黄河碧野与天通。
我来赏景莽原上,正是金秋万树红。

三

峰峦攒聚势凌空,万壑幽深汇野风。
雾起云飞如幻影,如痴如醉探神功。

骆 驼

平沙一叶舟,饥渴不低头。
历尽天涯路,心中有绿洲。

交城庞泉沟

岭引龙蛇走,峰奇景更佳。
流云寻老树,细雨润闲花。
野渡虹桥远,朝晖石影斜。
溪声留不住,一路向天涯。

袁瑞军词选七首

袁瑞军

念奴娇·过雁门关有怀

云横天北,残阳里,雄塞真如铜铸。凭眺朔边风烈烈,隐约胡笳吹暮。寒雁低回,烟峰高矗,千古争锋处。金沙染碧,几多豪杰成土。

借问汉月秦关,沉沉往事,识尽盈虚否?芥子乾坤须看破,留得情怀些许。晚扣僧庐,晓寻樵径,不避催花雨。诗中人老,更如霜后红树。

水调歌头

百仞墨崖峻,一片白云闲。太行几许恬寂,邀我客林泉。壁挂叮泠寒韵,洞掩参差烟绿,路转小亭前。惊雀因声起,啼破壑中天。

松下风,潭上雨,晚来烟。人间好处,何处更似水云边?遥就溪头青岚,略倾壶中淡酒,轻坐度流年。禅境发幽意,清乐却尘喧。

采桑子·暮冬新雪

夜来凭了东风力,遍著轻纱。遍著轻纱,万点晨晖照素花。

年年易惹伤神处,又老韶华。又老韶华,一盏陈醪向晚霞。

采桑子

清风不扰松涛静,北辰杳杳,冷月萧萧,独向寒波映小桥。

虚名犹似波中影,百载迢迢,一世劳劳,终了无非几簇蒿。

添字采桑子·雾霾

江山北顾重重雾,梦里神州。梦里神州,云淡天轻,绿水绕平畴。

向来曾厌西风烈,欲诉还休。欲诉还休,霾暗尘稠,混沌没清秋。

浣溪沙·晨起

一径通幽山色昏,半边残月映朝云,独吟小句叩禅门。

清籁不闻松壑静,岩泉无语屐痕新,青山更有早来人。

浣溪沙·夜怀

寒浸小楼花事凋,孤灯独对夜寥寥,百般心思赋离骚。

枕上月明清梦扰,庭前梅瘦北风摇,一怀愁绪不堪描。

诗林撷萃

人月圆·中秋赏月戏赋(二首)
王景荣

其一

金风玉露清凉起,桂魄挂遥天。千家万户,珍馐美酒,共庆团圆。

九霄云外,广寒宫里,何似人间,嫦娥孤守,衔杯对影,此意谁怜?

其二

嫦娥应悔偷灵药,独自上青天。琼楼玉宇,七情冷落,寂寞年年。

莫如降世,回归下土,一展欢颜。为民兴利,与民同乐,胜做神仙。

2016年9月15日

秋蕊香·秋赋
陌　乡

秋意浓浓,诗意点点,填一小令,娱乐分享,并请指正。

汗水百湿衣袖,五谷稻粮收就。赤橙绿橘金黄柚,瓜熟果香时候。

云高空碧秋光厚,诱诗叟。一笺小令文思瘦,却把此情抒透。

2016年9月21日

秋蕊香·读陌乡词有感
飞　马

夜里暗香盈袖,笔墨纸张铺就。苹果雪梨沙田柚,还有奶茶恭候。

秋风凉了银须叟,诗情厚。哪管她绿肥红瘦,薄汗轻衣湿透。

2016年9月21日

辛中词选六首

辛 中

清平乐·仰思微尚

仰思微尚,暗锁胸襟浪。玄悟博习声荡漾,情趣若然可望。

华年把盏深长,直抒音谱词行。裁尽五颜六色,举言莫过合当。

采桑子·半坡背影撷丹果

晓寒初露云香岫。雾了秋红。锁了秋容,任尔绡纱馥脸珑。

半坡背影撷丹果,落了年成。收了甜浓。一地光阴日月中。

采桑子(二首)·霜雨萧萧送晚秋

(一)

小城雾郁添愁绪,暗锁眉头。落满心头,霜雨萧萧送晚秋。

残红刺骨情依旧,憔也温柔。悴也风流,憔悴丹枫任自由。

(二)

阴云化雨祥瑞叶,风也飞绡。爱也飞枭。缱绻琼枝玉骨骄。

千姿百态姝颜醉,情也妖娆,梦也妖娆,情梦秋红映迥辽。

沁园春·赞屈地贡枣

四月芳菲,枣股萌芽,翠色漫天。望晋西峻岭,苍山沁染,星花闪烁,香透高原。蜂至蝶欢,莺歌舞燕,蕊粉盈盈采蜜忙。仲秋月,赏灯笼倒挂,映润朱颜。

绝言难赋甘甜,怎知道唐朝御赐传。赞古城贡枣,长圆扁脆,品多枝远,仁厚心宽。故里情怀,朴淳德望,骨浸根深几许年。乾坤鉴,冠绝瑰宝座,屈地当先!

沁园春·赞黄河奇湾

屈邑辛关,盘古凿峦,绝景皓庞。望融融仙境,金池飘月,叠霞旖旎,滴翠幽香。极目神往,英姿飒爽,淡定群山气概扬。龙蟠曲,母怀深情展,细语柔肠。

梦牵浊澜滔泱,引炎子黄孙诗畅翔。忆太公垂钓,招贤纳慧,杰林武士,壮志成墙。雄师横江,腾飞巨浪,一代伟人咏熠煌。赞华夏,聚钟灵毓秀,天下奇湾!

绝句一束

曾新友

木 棉

云净风轻丽日柔,冲霄毅力赋春秋。
心空舒展花红艳,专长豪情不长愁。

金子山

仙岭招摇云彩过,日移树影戏山坡。
鲜花好客燃诗火,飞鸟舒喉唱赞歌。

游金子山

云吻峰峦峰吻云,摩天幽径客成群。
层林飘洒清香味,快意青山摆彩裙。

游金子山

云净风清捷足奔,人间仙境觅诗魂。
水帘渐入相思梦,古树深盘情爱根。

山乡即景

碧空飞雁钻云霞,红杏枝头蝶戏花。
源远清溪怀日月,闲情水草抱鱼虾。

观风看雨

山欢鸟乐水狂歌,满目清新畅想多。
雨洗青山抛玉钻,风眠绿草抖绫罗。

思台湾

陆台两岸共炊烟,骨肉分离心紧拴。
血脉终须全顺畅,万千灯火不思眠。

赏黄禾雀花

栽花种绿又春深,喜色迷人开到今。
贵重东风施法术,古藤着意长黄金。

谢良师

蓝天寄语望飞鸿,携我攀登下苦功。
雨露熏风同惠顾,润花总爱四时红。

乱采伐

利斧锋刀造孽频,青山遍体早伤身。
枯枝败叶留遗恨,鸣鸟尖声在骂人。

读诗笔记

简　明

1

中国人历来把诗歌视为智慧的象征。诗歌传达着生活经验中往往只能意会的部分和审美发现。林语堂先生说:"诗卷教会了中国人一种生活观念,通过谚语和诗歌深切地渗入社会,给予他们一种悲天悯人的意识,使他们对大自然寄予无限的深情,并用一种艺术的眼光来看待人生。"诗歌通过对大自然的感情,医治了人们心灵的创痛;诗歌通过享受简朴生活的教育,为中国文明保持了圣洁的理想。在这个意义上,应该把诗歌称作中国人的宗教。

2

一首好诗最原始的基因图谱应该是这样的:诗因子在诗体内部自由弥漫,它无所在又无所不在,它主宰生命品质,却隐身沉潜在血液、脏器、五官和肉体细胞中,并通过血液、脏器、五官和肉体细胞的朝朝暮暮,坚定传达自己不可篡改的意志。

3

写作是一门手艺,与理发师、皮鞋匠的手艺一样,没有贵贱高低之分。所以说,在入门的初期,你不必把一种技能说到天上去,什么心灵呀,什么灵魂呀,这不是对手艺人心平气和的尊重,而是人格的亵渎。当你的手艺达到了某种出神入化的程度,成为艺术,你才配谈——这是因为,在工匠成为艺人的磨炼中,在手艺抵达艺术的修行中,你的心灵获得净化,灵魂获得提升。而现在,我要告诉你的是:刻苦的练习是初学者的必由之路。

4

关于诗歌创作中的陌生化问题,似乎是一个热词,业内说法庞杂而"陌生",却几乎不得要领,不及要害。那么什么是诗歌创作中的陌生化表达和陌生化艺术效果呢? 不是现在泛滥成灾的、制造陌生语境,使用边缘词汇,破坏传统语序,甚至破坏诗歌美学原则而产生的"陌生垃圾",而应该是熟悉语境中的陌生呈现,熟悉词汇的陌生组合,传统诗歌美学的延伸拓展,即离"熟悉"最近的陌生,离"陌生"最远的熟悉,熟烂于心的陌生,似曾相识的熟悉。

5

诗歌与现实的联系盘根错节,诗歌企图通过透视,分解与现实的关联。透视违反了直觉经验,所以诗歌图像总是给人虚拟的效果。

6

当使用一个词,有"口语"和"书面语"两种选择时,优秀的诗人通常会毫不犹豫地选择口语。口头语言比书面语言具有更强、更迅捷的抵达传递能力。书面语言往往需要借助纸张、导线、扬声设备和场所等工具达到目的,而口头语言除了口头,什么也不需要。

7

诗歌只承认名词和动词，不承认诸如形容词等其他词汇，形容词是字与字之间的比喻，是名词与名词、动词与动词的"联姻"，是名词与动词的"混装"。正如真正的算术，只有加法和减法，乘法不过是加法的重复，除法不过是减法的重复一样。

8

有难度的书写，并不等同于有难度的阅读。那些有意无意制造阅读障碍的书写者，大多是语言缺氧，或者情绪短路所致。好的诗歌应该保持着良好的艺术信念的清晰度：宽阔的人性自由和独立精神，它们正如艺术作品中所释放出的人格之光，也许正因为超越了文本本身的意义，所以它们更容易被普通人识别。就诗歌作品而言，饱满而透亮的诗意才能光照自己，进而普照他人。意象狭隘、修辞混乱是因为储备窘涩、储量寒酸，绝非"盈溢"或者"井喷"。假如你拥有万顷果园，你的果盘必然是清爽鲜美的；假如你仅仅怀抱一棵歪脖树，你的果盘里一定会有猪草。

9

尽管玄学中可能掺杂着大量的诗意成分，但诗歌绝非语言的玄学。诗意只是人类瞬间的非分闪念，这些稀奇古怪的念头，只有找到语言这个五彩缤纷的附着体，如同灵魂找到了肉身，才不致稍纵即逝，这种境遇就像孩子把他们的涂鸦粘贴在白墙上。

10

诗歌不是语言的"意外"，而是"意外"的语言。

11

回忆是一种反向想象。反向想象不是重新经历曾经的体验，而是重新体验曾经的经历。重新经历曾经的体验，你得到的依然是旧有的；而重新体验曾经的经历，你将收获全新的认知。

12

诗人不是讲故事的能手。一个好诗人充其量只是一个好故事的引子，如同酒头之于佳酿，如同药引之于汤药与病灶；诗人更擅长发现或者"激活"一个故事，然后由别人去讲述。

13

一首让人过目难忘的诗歌，往往成于诗歌中的核心喻义；大量的分行文字，为什么像树叶一样随风而过，难以进入阅读者的记忆系统呢？这是因为，这些作品还没有发现或找到事物之间的神奇关系，还没有发现或找到事物的诗性价值，还没有发现或找到事物的诗性的核动力；这些作品如同行尸走肉，缺失灵魂。

14

有的人，似乎什么也没有做，却越过了大多数人；有的人，做了许许多多，却依旧停留在原地。为什么？原因很是简单：第一类人，一生哪怕只做两件事，甚至两件同样的事，第二件事绝对是要站在第一件事肩膀上的；而第二类人，做一件事，与做百件事一样，目光永远只停留在自己的鼻尖上。一个不能够越过自己鼻尖的人，又怎么能够超越别人呢？不断有人问我：什么样的诗人是好诗人？我认为，第一类人中间会产生好诗人。

15

一个诗人抒情的"大义"与"小情",是相对于诗人的生命本质而言的,它们是矛盾双方的纠葛,是一体两面的双重境界,是内心情绪的两次外泄——诗歌是诗人内在生命质量的外化,一切产生于诗人体外的衍生物,正如图解理念与讨巧卖乖的语言一样,永远都是诗歌的天敌。

16

生活从来没有辜负过诗人,但诗人却常常辜负生活。时间的流水线,给我们制造了无数相似的经历。唯有细节,值得我们反复辨认和回味。平庸,是因为一而再、再而三地被重复。但是,唯有细节是无法模拟和重复的。细节是有意味的生活瞬间。细节与细节之间,不仅构成时间关联;更重要的是,它们之间构成逻辑关联。细节是时间流程中,最具参考价值和独立品格的。唯有细节,刷新着我们平庸的生活。

17

"故土"这一词组,是由极为丰富复杂的社会元素组合而成的,生物、地理、文化、宗教、种族等一系列缺一不可的历史记录,造就了这一词汇在人类进化史中独特的生命含量、符号意义和原始象征。文学在对"故土"这一历史象征物的不懈挖掘中发现:文学不是"故土"的装饰,而是生命的自省,对"故土"的关照与反思。面对"故土",诗人不是迫不及待地为了表现雅致,而是迫不及待地为了表达血脉的原始忠诚和生命的初衷。

18

诗歌是人类理想的风帆和思维的马达;思想源于脑,而发自心,心劲儿是世界上马力最大的动力。

19

世界由两部分组成:一是自我,二是自我所面对的一切。自我是一面易碎的镜子。有时自大,纯平之心可折射三维天下;有时量小,一丁点儿杂音便会应声破裂。当然,破碎是灵魂的花朵,开放在躯体之外的峰巅。

20

诗人的博客,就像诗人的衣领或腰带,几斤几两几钱,揪住衣领或腰带一"拎",就清清楚楚了;而小说家则不然,别说博客盛不下"连汤带水"的鸿篇巨制,就是"连水带汤"的中短篇小说,也不合像田鼠一样东窜西窜的闪客胃口,小说家"晒"在博客里的文字,多为闲笔;而诗人"晒"在博客里的是灵魂。

21

任何一个民族都是伟大的,它的伟大体现在根本上:不可改变的个性和顽强的生命耐力。也许这个民族只有一个人,但是,一个人的强大才是真正的强大;也许这个民族最荣耀的姓氏还不够响亮,但我相信,这个不够响亮的姓氏,终将成为一个活着的伟大姓氏。

22

女人总是比男人早一步抵达自我。这并不因为,她们的感官装备,优先于男性"升级";而是因为,她们不像男人那样胃口粗糙,满世界炫耀武力,似乎对所有的事情都享有主权。女人是天生的诗人,她们更专注于自身的感受,更倾情于治理心灵的行政区——心智,并不仅仅居住在大脑里。她们在心灵的闺房里安居乐业,风情万种或者忧郁而终;她们天生就是完美、神秘、诱惑、刺激与诡辩术的追逐者;她们喜新厌旧,不求经典,只逐新奇——这恰好契合了现代诗歌——这个艺术浪子的脾气。

23

诗歌其实是这样一种文体,它的奇妙就在于:只要与它相遇,注定被它打动。

24

在感受到的所有现象中,透进一束思想的光亮,这就是所谓的洞察。钉子和蚊子,就是这样做的。

25

诗人是用另一只眼睛看世界的人,同时,也是用另一只眼睛看自己的人;对诗人而言,看世界功在感性,看自己功在悟性;从这个意义上说,诗人用一只眼睛观世,用另一只眼睛察己。

26

病句往往在"大处"遵循文理,在"小处"破坏文理。病句的制造者不是低能,就是大师。诗歌其实就是:放对了地方的病句。

27

象征与暗示是艺术表现能力的终极手段。暗示的对面是镜子,镜子里的那个人叫:象征。

28

法国诗人勒内·夏尔说:"在诗歌中,我们永远停留在即将离开的地方。"所以不要认为:小说就是把欲说的话,分成段落;而诗歌就是把这些话,分成行。小说叙述的是:已经或正在发生的事,也许它所叙述的故事,永远不会发生,但是它套用了已经发生过的情感场。而诗歌,必然会突破历史、现实与未来的通道,叙述时间价值与情感价值之外的念头或思想。

29

诗人约瑟夫·布罗茨基说:"名词具有不朽的魅力。"在语言学的背景下,诗歌语言就像"无私的政客"或"纯情的妓女"一样自相矛盾。句法是语言学的深奥部分,而词汇本身往往是语言学的肤浅部分。但是作为诗人,名词与动词的意义却非同寻常。名词的具象功能远远大于其他诸如动词、形容词等,名词往往是联想、比喻、拟人、象征等修辞手段的"首发",就像诗人往往是小说家、散文家的"前身"一样。在语法中,名词的修辞效果往往需要一个强大的推力来完成,这种神奇的力量来自"动词"。从这个意义上,可以这么说:诗人,就是精通名词和动词的人。

30

诗歌凭借其内在的韵律,跳跃成行;而不是靠所谓"诗"的意念或意志,分割成行。

31

闲笔,不是一件艺术品中的主体构成。它们更像石器上的不规则花纹,甚至玉器上的斑瑕,它们绝对是柔软的、炫目的、天赐的——闲笔不闲,瑕不掩瑜,境界就出来了。史上所有的文学大师,都是闲笔大师。

32

任何想法,在创作过程中的作用,都具有方向和指南意义。想法,其实就是先入为主的观念,甚至就是意义的俗称。

33

词,是诗人的手。词在诗歌中是有生命的。应该这样认识诗歌的肌理"要素",那就是:活的,呼吸的,运动的,恋爱的,贪生怕死的。在诗歌中,每一个词都充满着生命的变数,更充满着生命的巨大能量。

34

现实距想象有时相差甚远,有时竟然一模一样。找到现实中的细节根据,就找到了两者之间的点:具有独立品质的语境。

35

女性写作者,往往在作品中有意无意地传导给读者更多私人化的信息;这些呈现非逻辑状态发散的个性符号,既模糊又直观,既新潮又保守,既暧昧又真挚,带有明显的性别特征;它们有时被读者恰到好处地意会了,有时被移花栽木地曲解了,有时被莫名其妙地放大甚至于"恶搞"了。但是无论怎样,写作中的女人,比起生活中的女人,总是给了读者更宽敞更斑斓的想象空间:因为写作不仅是高贵的精神事业,某种意义上,它也是抵御堕落或消沉的挣扎手段之一。所以说,女性写作者的写作动机或者动力,更多的来自精神需要,甚至生理需要,而非生存需要。写作是一种思维运动,生存是一种生物运动;生存与写作不构成逻辑关联;生存不是写作的延续,写作也不是生存的理由。写作由强大的思想体系推动,而生存的背后,有什么呢——什么也没有。

36

从散漫中找到经典是困难的,但是从散淡中找到从容的情致却不难;散淡的叙述是心灵的优雅,它将漫过人间的浮尘和虚火,找到诗意的契约。

37

死亡对于生命个体而言,毕竟只有一次;死亡就像绽放在人类视野里的绚烂花朵,它既装点你的生平,又葬送你的性命;所以说,噩运既能使一个诗人旺盛的艺术生命戛然而止,也能使一个诗人的艺术生命在瞬间达到沸点;死亡将放大艺术的感染力和感受力。

38

衡量和评价一个诗人(艺术家)的创作成就,最可靠的是方向与品质原则,最忌用的是数量与速度尺度。众所周知,在人类的近邻中,猪与老鼠的繁殖能力,恐怕远远超过了其他的诸如猴、狼、狐狸等胎生物种,但是毫无节制的多产,并没有提升他们的智力结构、优化它们的遗传基因,反而显露出日渐退化的端倪;而在人类的视觉经验中,闪电与流星恐怕是最常见的神速事物了;人类同时也知道,闪电只能激活风雨,流星只能通往焚毁。时间是不朽杰作的炼炉。

39

更好是前进中的好——每一件杰出的艺术品的诞生,都必将以冲破僵化的"思维系统"和世俗的"价值系统"为代价。画地为牢,束缚思想,从而使人类精神在自觉不自觉中,沦为"自我"的傀儡。

40

诗人必须从自我觉悟的进取和中枢神经的麻木不仁中,打开视野,找到出路。比如性别觉悟,比如器官觉悟,比如童话觉悟,比如爱情觉悟,比如宗教觉悟;一个不满足于"过去式"叙述套路的诗人,假若你找不到恭敬自我的认知途径,那你就老老实实去做一个好石匠或牧羊人;假若你找到了新的前所未察的自我,不要急于将你的发现告诉别人,你可以试着先告诉你自己。

41

一首诗的气韵是否饱满流畅,关系诗的气质;一首诗的气质是否特别,关系诗的品格。品格既是外在的气象,又是内在的意蕴。所以说,是品格把诗从其他问题中区别出来,气质最终会主导审美。

42

孤独是一个人的狂欢,狂欢是一群人的孤独。

43

叙事或抒情构成诗歌之"味道"。"味道"来自生活,更来自生命深处的体验。所以我们常常会牵系某一种味道,或叙事,或抒情,或并重共享。叙事与抒情的关系,如同中国水墨画中鱼水的关系,鱼在水中游,画面却不见水。

44

相对于一个真正的、具有独立存在价值,并且作品散发出无可怀疑的重要性的诗人而言,获得应有的肯定、赞扬和荣誉,而不是受到误解、忽略和贬损,这是优秀的文学评论家必须捍卫的秩序和存在的意义。如果批评家们在这种时候失语,或者视而不见,就有必要对他们已经做过的工作和已经发表的言论,反过来进行重新估量,他们是不是像对待自己的名声一样,珍视了诗人的劳动创造,他们是不是还有能力影响思想潮流,指导大众阅读。

45

我欣赏简素而高贵的诗歌,"简素"通常是由表及里的内置,"高贵"则是诗人修为与学养的外泄。诗人的气质就"悬挂"在他最钟爱的诗歌套房里;而诗歌的气质也同样"落坐"于套房里那把最醒目的语言旋椅上。

46

总统因为有梦而成为总统,诗人因为有梦而成为异想天开的人——梦成就了所有的奇迹。梦把现实变成了幻境,也把幻境变成了现实。而诗人,把梦变成了诗歌。

47

剽窃也是一种劳动。但是,你到别人的田里去收割,不该感谢谁吗?

48

爱情诗为我们提供的是一个激越而宽阔的情感水系,它缜密而隽秀的水文结构,它舒展而纵横错落的水域,它畅快澎湃的流速和充盈饱满的流量,它细腻而柔美的人文景观,都强烈地刺激着我们的阅读味蕾,它让我们沉溺其中,回味其中。

49

在乡土诗的丰厚沃土中,我们很容易辨认:一朵花瓣、一片枯叶、一滴水珠、一缕清风,甚至能够指认出它们曾经去过哪里,现在何处;但是却无法分辨出:哪句诗是花瓣、哪句诗是枯叶、哪句诗是水珠、哪句诗是清风;甚至不能够辨认出它们中间,哪首诗是根,哪首诗是叶。像血液在血管里奔流升腾,我们无法分辨出它们将要去哪里,在哪里停留;但是我们坚信:它们始发于心,终归于心。

50

将音乐语言转换为诗歌语言,并且在转换中提升两者唯美的共性——仿佛朝圣者对天籁之音的倾听,仿佛诗人对人类灵魂的抵达。

51

成为一个杰出的诗人,需要时间吗?是的,需要时间;因为心灵的成长是一个漫长的过程。艾青成为一个大师级的诗人,耗用了整整一生精力;多年来被视作诺贝尔文学奖有力竞争者的丹麦女诗人英格·克里斯滕森,先后出版了诗集《光》(1962)、《草》(1963)、《它》(1969)、《四月的信》(1979)、《字母表》(1981)、《蝴蝶谷》(1991)。1994年,瑞典学院向克里斯滕森颁发了有"小诺贝尔"之称的北欧文学奖,此后14年,她几乎年年被看好能更进一步赢得诺贝尔文学奖,但至死也未能如愿。

52

现实呼唤诗人,现实期待诗人,诗人永远在现场。关注现实,甚至于直击现实。诗人的在场,并非以干预当下的现实为目的;诗人的在场,以着眼明天的现实为起点,以构筑未来的现实为担当。

53

诗歌始发于心灵的最深处。诗人忠实于现实,还是忠实于想象,或是既忠实于现实又忠实于想象?我的回答是,诗人必须忠实于内心的召唤。

54

诗歌是播进心灵的种子。心灵的耕耘,需要怎样的犁铧呢?心灵是海洋,需要金针;心灵是蓝天,需要银燕;心灵是沃土,需要春雨;心灵是宝藏,需要向内深深开掘——这是诗人唱给自己的颂歌。

55

在诗歌写作中,永远不要使用"突然""直到"这样的生硬词汇;它们就像一群受伤的蚂蚁,所有弯曲的腿,现在都僵直了,它们无法使自己行走,它们也无法接受和享用新增加的视域里的勃勃生机。

56

庸俗化写作所伤害的是诗人自己,而不是以外的人。维持这种写作,日复一日、年复一年进行下去的逻辑是:今天,我成功地画成了一个圆;明天,我还能画成一个,而且更快,我每天都在进步。我想对这种沾沾自喜、哭着喊着要把刚刚画成的圆圈当作喜讯,告知天下的低能繁殖者说:已经有至少三只猴子,今天也完成了同样的工作。

57

诗题非常重要,它决定一首诗的承载力。

58

我经常听到一些在"网络诗坛"混出一点小名气的人抱怨:他们当初使用的只是一个记号,并非"笔名";有人的初衷,竟然是别让领导发现。当他们试图用"记号"在大刊名刊上发表作品的时候，却遇到了麻烦，甚至无情的"封杀"。这是为什么呢？这是因为，当你的"涂鸦"变成作品时，你就必须对阅读它的第三方负责任，你的名字中不可以含有轻视、调戏对方或作贱自己的元素，不可以有颓废、暴力、色情等意图，不可以触犯道德底线——因为这已经不是你个人的事了。一个莫名其妙的笔名，自伤能力会远远超出你的想象力，既辜负闲情雅趣，又辜负诗词篇章。

59

方向感，就是一个诗人的"手感"，它决定手艺高下。

60

几乎所有的诗歌评论家，为什么口中无物，语序失常，是因为锦内无藏，缺乏自信；多半以上的女人，为什么浓妆艳沓，人马杂沓，是因为衣内无秀，信心失重。

61

人届中年，早已脱离了"才华写作"阶段。也许你会幸运地遇到"暖冬"，但"冬储"是必需的，足够的储量才能化有至无，才能迎来恒量的"澎湃"和精神世界的"第二春"。

62

诗人王尔德1881年访问纽约时，海关官员问他："有什么东西需要申报？"王尔德说："我一无所有，除了我的天才。"

63

诗人聂鲁达说过：如果说我的诗有什么意义，那就是具有不肯局限在某个范围之内、向往

更大空间的无拘无束的倾向。这种倾向，解读它们不需要钥匙，而需要心智和心胸；如果心智和心胸是两把钥匙的话，那是两把比锁更博大的一天一地。

64

博纳富瓦说："写诗这种行为本身就像炼丹术"。绝妙的比喻。但是炼丹之术的第一个"动作"，不是将火种填入炼炉，不是将火苗变成火焰；而是用怎样的火眼金睛，选择怎样的"火种"和"炼炉"。

65

如果说，普希金诗歌纯洁了俄罗斯的语言，那么可以说，中国相声正在糟践汉语言；这是因为，相声的传播途径摒弃了安静的阅读与思考，它的插科打诨式的媚俗和低劣笑料，正在让语言这一思想与情感的传导工具变质生锈，它的表面繁荣终会因虚火旺盛而自毁。

66

契诃夫说：写作的技巧，其实并不是写作的技巧，而是删掉写得不好的地方的技巧。指出别人的不够完美之处，并非难事，但也并非容易：饭后，遗留在你脸上的米粒，只有少数人会善意地告诉你，因为这是你自己的事情。

67

帕斯说：虚假的诗人说的是他自己，同时还假借别人的名义。真实的诗人即使讲自己也在讲别人。诗歌，某种意义上代表的是一种智慧的言说方式。正如帕斯所言，诗人无论是在"说自己"，还是在"讲别人"，诗歌立场都必须站在真实一边。真实既是诗歌的起点，也是诗歌的终点。

68

其实,时间顺序正是逻辑顺序,历史正是由周期性反复出现的事件结构而成的。

69

名词,还是名词——只有名词。充满无限想象力的名词,跟任何词汇都能擦出火花的名词,风情万种的名词。那么,怎样从成千上万的名词中提炼诗意呢?一个形象的比喻是:应该省略掉耕地、播种、施肥、浇水等农耕农作的"动词"过程;提炼诗意,就是直接把"玉米棒子"扛回家。至于收成,这取决于你所辛勤耕耘的土地,即诗人的生活积累;百顷良田会灌满粮仓,巴掌大的薄地可能颗粒无收。

70

时代的洪流步履匆匆,她难以抗拒的巨大惯性,裹挟着追随她的滚滚人流;潮流中的芸芸众生,唯恐落到潮流之外,他们忙忙碌碌,勤勤恳恳;他们前仆后继,奋不顾身;他们准备了太多太多的、远远超过自身体积的容器,他们企图赶上潮流,来满足渴望已久的愿望,获取更多的幸福和喜悦。但是,他们却没有准备哪怕一件小小的容器,留意或者接纳偶尔划过心灵天幕的感伤。

71

看似可有可无的、突兀的句号,让我想起巴别尔说过的一句"冒失"而"无理"的话:"没有什么能比一个放在恰当位置上的句号,更能打动你的心。"

72

媚俗是人性中最难抵御的物质动力,而诗意则是人性中最难洞察的精神闪念,它们分别解构人性的两端。

73

麦子所浸润的意向整体"麦地",历来是诗人画家所偏爱的艺术载体。它们就像一个人的指纹,极具身份特质却无法复制。人类对于熟识如手指的物事,会在内心深处烙下潜意识的影像和图景,如春花与秋月,沙漠与草原,陆地与海洋,那些特定的色彩情绪是不需要刻意去想象的,它们总会自然而然地出现在艺术视野里,栩栩如生。比如"麦子"意象,所潜伏的色彩是决绝的黄色,折射出终极的人生意蕴。诗人海子和诗人方向都是"麦地"的终极歌者,他们在诗歌的"麦地"里痛苦自燃,前者卧轨自杀,后者服毒而亡;而画家凡·高更是在完成了《麦地上的乌鸦》之后,自毙于麦地。他们的诗与画,因此具有了指纹的意义。

74

民间,其实就是江湖。女人身在江湖,可以略输"文采",也可以稍逊"风骚",但万万不可以又输"文采",又逊"风骚",因为江湖是认真本事的;诗坛则不同,对民间而言,诗坛是非民间的,女诗人在非民间的诗坛出入,是可以又输"文采",又逊"风骚"的,因为非民间的场所从来就是鱼目混珠的场所。

75

我欣喜地看到,越来越多的优秀诗人,重视了本领域的制空权和话语权。他们对创作、理论与评论现状的不同步,不协调,不匹配,深存焦虑。

76

诗歌成于句,而非成于篇,诗歌谋句不谋篇。所以,炼句是诗人的基本功。

77

纯洁的灵魂不靠任何物质的力量来维护,它靠自己行走,如果你拥有与众不同的品质,如果你的灵魂是敞亮的,它很容易被人识别,定会受人尊重。

78

诗人是私人密码的编制者,又是唯一的破译者。真正的诗歌都藏有诗人精心埋设的情感"暗钮",找到并且转动它,阅读才有可能被导入私人化的经验通道中去——阅读不是寻找所有的诗性装置,而是打开唯一的修辞"铁门"。

79

所谓"先锋",代表的是一种精神状态,它是开放积极的、变化前进的,是先知者和先行者。但在当今这个视先锋、反叛、前卫、另类为时尚的时代,"先锋"与"媚俗"之间似乎仅有一墙之隔。

80

在所有的说教者中,最成功的是上帝,最失败的还是——上帝。

81

反差并不意味着身心分离,而是象征诗人精神上所追求的纵深和自由度。这是一种命运的寻找,也是一种命运的指引。诗人的宿命,在与诗歌的微妙组合中,放射心灵的光亮。

82

世上根本不存在天才,所谓天才,就是没有任何才能的人。

83

词汇不是语言的分子,词汇的外延正是语言的外延,词汇即是语言的触角,又是语言的心脏。

84

最"前沿"的诗歌,就是刚"出笼"最新鲜的诗歌,这非常重要,它代表了刚刚发生的观念、思维、角度和价值体系的变化。"前沿"最具"破坏力",同时也最具创造性。循着这些新变化,我们不难发现,诗歌文本意义上的新走向,甚至诗歌表达形式上的新变革。

85

决斗的快捷方式是:文斗,等级越接近越省心;武斗,等级越差异越省力。

86

一个伟大的诗人,如果拥有自己独具一格的语言系统,那么这个系统绝对不会是自闭的、排他的,它强大开放的兼容性将消化任何题材和故事。比如莎士比亚。

87

诗歌敏锐地反映政治、思想、文化的变革和走向,因为一切影响历史进程的重大变革,都将首先传导到语言上,并通过语言革新的信息扩张影响。

88

网络诗歌的崛起,给中国新诗带来的是彻头彻尾的冲击。网络诗歌在短短的十年间,以一发不可收拾的竞技热情,对陷入泥潭的以纸媒创作与传播的传统新诗进行了一次起死回生的刺激和推动。曾经被视若洪水猛兽的网络诗人们,以魔鬼的姿态出场,以天使的歌喉吟唱,以"半人半鬼"的崭新形象抢夺话语权,他们正在受到世人尤其是有识之士的越来越广泛的关注。

89

网络真是一个奇妙无比的游戏平台,它解决了大众文化语境下,诗歌传播、互动、反馈等问题,却缺乏有效的过滤机能,鱼龙混杂,如同假面舞会,你尽可扮作上帝、牧师、军官、水手、乞丐,贵妇或者妓女。舞台是公共的,狂欢是随心所欲的。曲尽人散时,也许妓女摇身一变,成了上帝;也许上帝沦落成了妓女。一切皆有可能,这就是游戏的魅力。游戏精神是诗歌的第二重天,这绝非虚张声势,或标新立异;诗歌是传统精神的继承者,这是第一重天;同时,诗歌又是传统精神的破坏者,这是第二重天;两者是辩证统一的。李白的"白发三千丈,缘愁似个长"。凭空而来的"白发三千丈",极度奇妙的夸张;李白的身度,据他在《上韩荆州书》中自我介绍:"长不足七尺",而这三千丈的白发,是内心愁绪的象征。"北方有佳人,一笑倾人城,二笑倾人国",同样奇妙的夸张;游戏精神不单指在语言传统逻辑上的大逆不道,更重要的是指精神境界上的大逆不道。

儿童的世界满是美妙

——序孙澜僖诗集《春天的歌》

蒋登科

江山代有才人出。最近这些年,我谈过好些诗人的诗,从"60后"到"70后",再从"80后"到"90后",现在轮到"00后"了。在感叹时间流逝的同时,也欣慰于诗歌艺术的发展和诗坛的人才辈出。中国是一个诗的国度,即使当下的诗歌处境已经远不如从前,但爱诗的人始终存在,而且一代一代无穷尽。

我一直对中国诗歌的未来充满信心。当我读到孙澜僖和她的同龄人的诗的时候,这种信心就更加明显。澜僖从9岁就开始发表作品,到目前为止,已经在很多儿童报刊和文学刊物上发表了诗作,获得过多种奖项,而且有作品被收入一些有影响的选集中。在她这个年龄的时候,我还在大山里漫山遍野地疯跑,根本不知道诗为何物,更谈不上诗歌创作。我有时在想,这是一个怎样的孩子啊?在我看来,她至少是一个具有文学天赋的孩子,而且对诗歌创作充满兴趣,并有着不断进步的渴望。有诗歌陪伴的童年是幸福的,用诗歌滋润的人生之路也应该是充满梦想和色彩的。

每个人都是从童年走过来的,只是每个人的童年有着不同的滋味。我记得很小的时候就喜欢读书,但是在那时的农村,哪里有什么书可读呢?于是,我经常到生产队长家里去寻找那些过期的报纸,读上面的新闻和文学作品。我非常佩服那些能够发表作品的人,觉得

他们非常了不起,甚至很伟大。我们小时候的知识面非常有限,见识也少,在当时,县城、省会、首都,等等,在我们心目中都只是一个个遥远的概念,根本没有想过可以去到那些地方并留下足迹。我们当然也没有多么远大的梦想,几乎每天与大山、森林、小溪、泥土为伍,没有支撑梦想的土壤。当我读到孙澜僖的诗歌作品的时候,我真的为她高兴,为他们这一代孩子高兴。他们不但有了好的生活环境,有了远足的条件,可以见多识广,而且能够通过文字把自己的感受、梦想、苦恼抒写出来,有些作品还可以在刊物上发表。关键是,诗歌界的很多长辈还为她写下了许多评介文字,对她给予鼓励。在我们那个年代,这些事情是想都不敢想的,即使写了,也没有谁来关心,更不可能和那么多知名的人士扯上任何关系。

儿童天生就是诗人,只是我们有时对他们关注不够,很少站在他们的角度去理解他们的内心和情感,更很少去发掘他们在诗意发现和表现方面的潜力。对于儿童来说,世界都是新奇的,这种新奇感是诗歌创作的动力,也是诗意的来源。无论在题材上还是情感取向上,澜僖的诗都拥有她那个年龄的特点。她的诗,写的多是自然景色、家庭趣事和校园生活。在她的心目中,世界上的一切存在都那么美好,都充满魅力,《桃花,催红了春天的脸庞》:"你收

集所有的红霞,在三月/催红了春天的脸庞。还有你怀里的童话/也粉红着呢//桃花,你把梦也染成红色吧/最好,带上袭人的香/这样,梦里梦外/都是一片春的海洋了",在她的眼里,"桃花""红霞""春天""童话"就是一个美好的世界,而且还赋予了本无花香的桃花以"袭人的香",这样的发现是属于孩子的。在情感取向上,她的诗单纯而充满梦想,乐观并拥有点滴的忧郁,比如《绿色的邮卡》中有这样的诗行:"顷刻间,我变成一片叶子/顷刻间,我化成一缕阳光/我要把一株株小草、一棵棵小树的梦想/染上十万里浩荡的春风"。作者的想象确实不同一般,由绿色想到了"叶子""阳光""小草""春风",这些想象都与小诗人的生活积累、知识储备和对世界的理解有关,没有受到过多知识和思想的牵绊。当然,任何年龄的人都有他们自己认为的苦恼和沉思,澜僖也有自己对生活的独到见解。外婆离开了,她满怀不舍和思念:"河边的垂柳依然青青/可我饱含的热泪/一刻未停//外婆,我心里最温暖的名词/此刻,您却挤压出我满眶的泪水/来浇灌这河边无数的柳丝"(《再见,亲爱的外婆》);《楼上的树》有这样一个诗节:"不要说你永远在这里/其实,我也和你一样/囚禁在课堂/来,让我们长出翅膀/飞向远方",诗中既有对课堂学习的判断,也充满了对自由的渴望。她甚至开始追问很多在成年人那里已经有些麻木的问题,比如《绿色的希望》里有这样的诗句:

曾经,这里的天空蓝得发亮
如今,雾蒙蒙的
这是为什么呢?

曾经,这里的森林郁郁葱葱
如今,光秃秃的
这是为什么呢?

曾经,这里的河流清澈见底
如今,昏暗暗的
这是为什么呢?

这些追问或许不深刻,但我们必须承认,孩子确实发现了一些我们必须面对的问题。这中间蕴含着儿童的单纯,而这种单纯可以反衬出成人的麻木。在诗意的发现上,孩子在很多时候是成年人的老师。

澜僖的内心世界是丰富的。她不只是关注和自己有关的事情和经历,而且在作品中流露出一种责任感,抒写了一种"正"的思考。《河流》抒写了作者将自己投入大自然甚至人生长河中的内心体验:"一条河流,在梦里穿行/蜿蜒的脉络/绘织大地的丰饶和美丽//一条河流,在生命里穿行/激荡的水波/抒写人生的浩瀚和传奇//呵,梦中的河流/流过夜的寂静,奔涌成明媚的眼波/呵,生命的河流/淌过如花的年轮,把每一个平凡的日子/当成琴键,弹起浪奔浪流的歌","河流""梦想""人生",等等,组合在与河流有关的诗篇之中,显得非常妥帖,给人一种流动感,而这种流动感和诗人意识到的人生有着同一的脉络和跳动。她的有些作品中还抒写了具有哲理意味的体验,让人吃惊,比如《残雪》:"瑟瑟的诗行/在大地上改写//阳光是一枝败笔","阳光是一枝败笔"使人眼前一亮,我们不得不佩服诗人的大胆和勇气;《一朵花》中有这样的诗行:"啊,世界如此美妙/千万不要用我们有限的眼光/来丈量",她居然发现了"有限"

与"无限"这样的话题,而且意识到人自身的局限;《雪》:"窗外的雪花 漫天飞舞/每一片都有着自己的轻纱/在风中坠落/化成一滴小小的水珠/被遗忘的颜色/白色为什么是白色/它遗忘了自己,在迷雾中徘徊/灰色为什么是灰色/它被人们遗忘,落寞地躺在颜料盒里",由物及人,由外及内,由小及大,诗人在诗歌创作中的内化功夫确实了得。《相册里的时间》里有这样的诗行:

> 相册里的时间
>
> 永远停留在那一刻
>
> 但我们生命中的河流
>
> 无尽绵延
>
> 早已没有了交点

诗人对时间非常敏感。对于诗歌创作来说,对时间的独特解读是诗人深入现实、人生的不可或缺的重要角度。

关于对现实的关怀和"正"的力量的发现及抒写,我想特别提到《你们能回家吗——为留守儿童而歌》。这首诗或许不是澜僖诗歌中最引人注意的,也不是最优秀的,但它抒写了诗人对留守儿童的心灵世界的关注和理解。作为同龄人,她或许比成年人能够更容易走进那些孩子的世界里,尤其重要的是,她真正理解了这些孩子渴望的是什么:

> ……
>
> 只是晚上总会起身
>
> 站在院墙边
>
> 朝远方望去 无尽的山峦重叠
>
> 化为了一张亲近而又模糊的脸
>
> 但远方一直是远方

> 是无法抵达的天堂
>
> 于是 你只好 在梦里
>
> 流着泪 呼喊
>
> 爸爸妈妈 过年了
>
> 你们能回家吗

这样的诗句,读起来使人心酸,也带着亲情的温暖。她或许还不知道这些孩子为什么会成为"留守儿童",但她和这些孩子在心灵上是相通的,其间透露出一种同情和关爱,蕴含着一种大爱的精神。

我不知道澜僖读过多少他人的作品,包括外国的、传统的诗歌作品,但我从她的有些作品中读到了一种传统诗词的韵味,比如这首《秋》:

> 挽一笼轻纱 听两只昏鸦
>
> 叶子从树上飘零而落
>
> 吱呀
>
> 铺几许黄沙
>
> 拾一把桂花 煮一壶清茶
>
> 任凭流水逝去
>
> 叮咚
>
> 品一杯浮生
>
> 赏一树红花

这是小诗人新近创作的作品,她使用了一些单音节词,使用了一些象声词,使用了一些传统的意象,采用了虚实相生的手法,使作品具有了别样的意味,比她过去一些作品显得更优美,多了一些文人味道,有了更丰富的向内的体验。我们或许可以换一个角度来看,因为小小年纪就外出求学,远离了父母、伙伴和其他亲人,她的感悟更加深入内心,在很大程度上抛弃了初学写作时曾有过的理念先行的不足。同样是新近创作的《可不可以》也可以为此提供佐证:"我可不可以/用鱼竿/钓一片月光/把她放在/没有星星的地方//我可不可以爬进烟囱/偷一小罐炊烟/密封/放在遥远的地方//好让想家的人/知道/家一直都在那个地方","月光""炊烟"在诗人那里是"家"和思念的象征,这些意象对于一个想家的孩子来说,显得特别亲切,因而在对月光、炊烟的反复吟咏中,诗人实际上也就抒写了对家乡、亲人的深深想念。

可以说,随着年龄的增长,随着人生阅历、知识储备的不断丰富,澜僖的诗越来越切入了诗的本质,诗味越来越浓。从童年心态到少年心态,澜僖的诗在不断发生着变化,我们可以通过阅读她的大量作品,清楚地把捉到她在艺术上发展、变化的脉络。

我曾经读过很多儿童诗,也为一些儿童诗诗人(不是儿童诗人)写过评论,但我所读到的儿童诗更多的是成人创作的,有着明显的成人心态,或者说是尽力以成人身份、心态去揣摩儿童的心灵世界。澜僖的诗完全出自儿童、少年时期的情感体验,它带给我们的是一个别样的世界,一个纯粹而美妙的儿童、少年的心灵世界。

我在前面说了,澜僖和他们这一代孩子是幸福的。就澜僖本人来说,更是如此。她有非常爱她的诗人父亲和医生母亲,随时关注着她的身体和心灵的成长。也是因为她的父母,我在多年前就开始关注她的创作,时常去她的博客溜达,也读到了她的父亲转发给我的一些作品。我多次在她的博客中留言对她给予鼓励,但我没有撰文对其作品进行较为系统的评论,主要是想对她的创作进行更多的观察。这一次,梓文告诉我,孩子要出版诗集了,而且我也感觉到她在创作上的进步比较明显,所以答应为这本诗集写点阅读感想,为孩子祝福和鼓劲。

最后要告诉澜僖的是,诗是一种美好的存在,但对于人的一生,诗又只是其中的一个部分。我经常说,一个人不一定要成为诗人,但一定要成为有诗意的人。诗意可以给人生带来丰富的色彩。在这个年纪,除了诗,我们还有更多的事情要做,比如课业学习,比如知识积累,比如对他人和世界的关注,等等,一定不能因为爱好诗歌而放弃其他。我记得,吕进教授曾经说过:"诗人应是博识家。"一个人只有在具有了丰富的人生与知识积淀这一前提之后,才有可能成为优秀的人,也才可能成为优秀的诗人。

祝贺澜僖,期待她创作出更多美好的诗篇,祝愿她的人生成为充满诗意的成功的人生!

2015年10月6日于重庆之北

蒋登科 四川巴中市恩阳区人,文学博士,中国作家协会会员,美国富布莱特学者,重庆市作家协会副主席,西南大学中国新诗研究所教授,博士生导师。先后担任西南大学中国新诗研究所所长、期刊社副社长,现为西南大学中国诗学研究中心副主任、西南师范大学出版社副社长。

论百年新诗的文体优长

熊 辉

舍弃沿用千年的文言书面语，采用明白晓畅的口语白话；背离传统诗歌的艺术津要，保留分行排列的自由外形，遂在汉语文学的历史中产生了一种新体，这便是我们常称的"新诗"。在诞生之初的草创期，不管新诗遭遇了多少诟病，接受了多少冷眼，甚或在寂寥中一度面临自我消亡的死路，但它在少数人刻意的"自娱自乐"中兀自生长，枝繁叶茂，遮蔽了昔日诗词歌赋的天空，成了中国文学园地中不可或缺的构成要素。

百年新诗的发生，堪称文学发展的奇迹。在知识阶层眼中，古诗文体观念和创作经验早已根深蒂固，在没有任何创作准备的情况下，胡适诸君立意用观念中的诗体取而代之。即便是在改革创新的浪潮中成长起来的我们，想起新诗革命，尤有后怕，深恐它在"守旧派"的围攻中不堪一击。世事在偶然中演绎着必然，很多看似不可能发生的事情，却因为应和了某些潜在的发展趋势，最终的结果让人大跌眼镜，硬是将不可能之事变成了活生生的事实。18世纪以降，世界诗歌朝着自由化方向发展，苏格兰的彭斯开始收集整理民歌，英格兰的华兹华斯和柯列律治以"歌谣"的名义创作诗歌，他们的目标就是要让诗歌变得浅俗易懂，摆脱蒲柏为代表的古典主义诗风的束缚；美国诗人惠特曼及至后来的意象派运动，其旨趣无疑集中于解放英语诗歌的形式和语言。美国女诗人洛威尔的《意象派宣言》，被公认为是胡适《文学改良刍议》的蓝本，而另一位女诗人蒂斯代尔的诗作《关不住了》，被胡适翻译成中文后视为新诗的"新纪元"，意即胡适心中真正意义上的第一首白话新诗。由此不难看出，从新诗观念到新诗作品，胡适的做法带有很强的借鉴色彩。正所谓它山之石，可以攻玉，这种"借鉴"给中国诗歌带来创作上的巨大转折，新诗"横空出世"并迅速确立了文坛正宗地位。这其中的关键之处，在于胡适引入了什么样的新观念，更在于中国诗歌的发展需要什么样的变革和突围，又或者在于新诗的出现满足了什么样的时代诉求，几种因素的集合，促成了新诗的发生。

百年新诗的发展，最大的成功是确立了自身的文体优势。胡适"一时代有一时代之文学"的说法，固然带有进化论的局限，却也道出了文学发展的普遍常理，要不我们就会一直生活在古人的阴影里，"自我"永远进入不了民族诗歌的谱系。正如布鲁姆在《影响的焦虑》中谈到，"后来者"诗人必须通过一系列的"修正比"，才能打败强者诗人进入历史。著名学者赵毅衡先生是中国形式主义文论的开拓者，他在《断无不可解之理》一书中，说中国诗歌表达的所有情感自《诗经》就已有之，历代诗人之所以还要不厌其烦地重复表达，并佳作不断，主要原因便是表达的方式不同。新诗较之古诗，最明显的差别就是语言和形式的疏离，亦即文体各异。我们常常见到很多人拿古诗平仄押韵之类的优长，来批驳新诗不押韵不整齐的"不足"，这实在有违比较的原则，好比拿马的奔跑去比牛的缓慢，得出的结论当然是前者优于后者。殊不知，两个本就不同的物类怎么可以放在一起比较？实际上，新诗文体也有自身的优势，吕进先生在《中国现代诗学》中认为所有的抒情诗，包括新诗中的抒情诗都是"内视点"文学，我们不必拘泥于外在形式一端，而忽视了其内在的形式特征。推而论之，与古诗注重外在形式相比，新诗更注重内在节奏。郭沫若在《三叶集》中写道："我想我们的好诗只要是我们心中的诗意诗境底纯真表现，命泉中流出的 strain，心琴上弹出的 melody，生底颤动，灵底喊叫；那便是真诗，好诗，便是我们人类底欢乐底源泉，陶醉的美酿，慰安的天国。"这虽有华兹华斯"诗是强烈感情的自然流露"的影子，但却开辟了新诗内在节奏或内在音乐性的传统。何其芳认为，诗歌情感的跌宕起伏仍然可以造成很强的音乐性效果，大可不必像古诗那样仅凭借外在形式来造成朗朗上口的音韵效果。于是，新诗因其"内视点"的文体特征，建构起了内在韵律和节奏，比起古诗的外在音韵而言，不但不会制约诗情的表达，反而让形式与内容合为一体，或者形式成为内容的构成部分，显示出自身特殊的形式美感来。

新诗文体的另一优势，当然是语言的白话化。不少人认为，新诗采用白话文或白话口语作为表达语言，是诗歌语言的退化乃至灾难，因为其雅致和凝练的基本特征随之沦丧。应该警醒的是，此时的白话与口语之间并非等同关系，否则清末流行的白话报当被视为新文学的开端，又抑或是胡适所谓的古已有之的白话文学当被视为新文学一脉相承的前生。仅就诗歌

的角度而论，按照俄国形式主义代表学者什克洛夫斯基的"陌生化"理论，散文或叙事文学的语言因语法的规约，造成对日常语言的陌生化，诗歌语言则因语法和表达的超出机制，造成对散文语言的陌生化。据此而论，日常的白话口语与诗歌语言之间相隔三层，即便是白话口语，只要它成了新诗的语言，那就与日常的白话口语不可等同视之。根据黑格尔《美学》中的艺术观念，吕进先生将新诗语言视为"媒介"，即诗歌是最高的艺术形式，也是高度精神化的艺术，其媒介也从日常的物质中抽离出来而化为精神性的存在，故而诗歌是向散文借用文字媒介。从这个角度来讲，新诗中的白话口语也断然不是日常使用的语言。抛开俄国形式主义和黑格尔的诗歌语言观，我们还可以从语言形成和演变的角度来加以分析，进一步厘清新诗语言白话的文体优势。新诗语言在存在形态上与白话口语相似，但其来源却相当丰富，至少古代汉语、外国语言和日常口语是它的三大来源。古代汉语、日常语言和白话文血脉相连，彼此影响和滋生自不必赘述，仅就外国语言资源一端来讲，胡适、傅斯年以及鲁迅等人曾多次宣称，要用外语词汇的丰富性和外语语法的精密度来弥补汉语表达的缺陷，因此现代汉语几乎与生俱来地具有"欧化"或"外化"的特点，从另一个角度来讲，也表明汉语具有较大的包容性和吸纳性。由以上分析可知，新诗因采用了白话文而更具文体优势，新诗语言不仅具有高度的艺术性和语言张力，更具有较强的接纳性和适应性。这似乎也印证了周作人在《新文学的源流》中所说，"旧皮囊"装不下新思想，于是新文学运动必然会发生，直接的后果便是白话文取代文言文后，更适应表达当下思想和情感。

百年新诗的繁盛，不只体现为作品数量的剧增和佳作的涌现，也体现为新诗批评的活跃。胡适在新诗发轫时写作的《文学改良刍议》和后来的《谈新诗》等文章，倘若算是新诗批评的早期成果，那闻一多、郭沫若、朱自清等人对新诗作品的评论或关于新诗问题的看法，便汇聚成了新诗批评的主流，才得以使今天的中国现代诗学蔚为大观。诗歌评论也许并非源自批评的目的，而是根源于情感的交流。古时品茗或酌酒的兴致，无外乎文朋书友的诗词唱和；离别的忧伤或相逢的喜悦，也都消融成感人的诗句。有赠有还，那些答谢的诗词无疑成为对友人作品的最好回应；演变到今天，面对感动自己的诗歌，书写相应的心灵感悟，或者与之相关的世风民俗之杂感，就成为所谓的评论文章。随着中国现代意义上的大学之建立，也随着各学科门类的建设完善，专门从事新诗研究的学者日益增多，新诗研究俨然成为一门"学问"，成为人们专攻的术业。当然，现代意义上的文学评论，似乎肩负着更为沉重的使命，论者倘若不能窥见作品隐秘的意涵，仅谈与己相关的感受，其评论会被严肃的学院派讥为"读后感"。在西方文论和批评方法肆意横行的时代，我们的确借助不同的视角看到了很多"空白结构"，可供言说的内容更为丰富。这样一来，文学批评就不再停留在心灵的沟通层面，它更多地呈现出思想和哲理的色彩，文学批评俨然成为书写时代的思想史。诗歌批评亦然，各种理性的分析充斥着诗歌评论界，只有心灵的碰撞似乎无以写作评论，它越来越成为知识性的写作方式，成为少数人可以从事的"行当"。甚至有些人仅仅是借助评论之名，暗行阐发自我心迹或思想观念之道，让诗歌评论远离了作品和读者。但不可否认的

是，文学评论包括诗歌评论的精英气或专业化，使其逐渐独立成新的文学文本，或者使其具备了与普通文学文本不一样的气质，那就是理性的思考和深度的思想。

伴随着新诗批评的兴起，专门的新诗研究机构逐渐建立，这真可谓百年新诗历史中的大事。现代时期的新诗批评，多为诗人谈诗，虽免除了"隔靴搔痒"的弊病，但缺少系统性的言说思路，终难见到体系化的新诗研究专著。郭沫若、宗白华和田汉合著的《三叶集》，常被誉为研究新诗的第一本专著，但其中对美学的论述不免破除该书谈新诗的专一性，况且它是三人的通信集，还不能被视为真正意义上的新诗研究专著。废名是将新文学引入大学课堂的先行者，其专著《谈新诗》仍由独立的论文构成，实际上就是一部谈新诗的论文集。1948年，朱光潜在正中书局出版的《诗论》是真正意义上的学者型专著，此书虽不专事新诗研究，却在中西诗学相互阐发的基础上，开启了中国现代诗学的开阔视野，具有狭义诗学的普遍性意义。学者型新诗研究时代的到来，应该与新时期活跃的学术氛围有关，也正是由于大学集聚了一批专门从事新诗研究的学者，于是新诗研究机构呼之欲出。1986年6月，西南大学的吕进教授与方敬研究员、邹绛研究员一道，建立起了新诗历史上第一家独立建制的新诗实体研究机构，开创了新诗批评历史的新局面。吕进先生专门研究新诗文体，是典型的"形式论"者，其代表作《中国现代诗学》的精要部分，就是谈新诗的语言和形式，这是一部体系化的新诗文体研究专著，此外还出版了《新诗文体学》《现代诗歌文体论》《中国现代诗体论》以及5卷本的《吕进文存》等。吕先生是那辈学人中将"新诗之所以为新诗"阐述

得最清楚的学者，也就是说他充分把握了新诗的文体特征，而且他的研究系统性和思辨性很强，有深刻的西方美学思想和中国传统美学思想作为支撑，相较于那个时代的其他新诗研究者而言，具有突出的新诗研究品格。2010年9月，北京大学诗歌研究院成立，院长为著名诗歌评论家谢冕先生。谢先生的新诗研究富有才情和思想的洞察力，其著作《湖岸诗评》《共和国的星光》《诗人的创造》《中国现代诗人论》《新世纪的太阳》等便体现了这一研究特点。此外，安徽师范大学、首都师范大学以及南开大学等高校纷纷建立了新诗研究机构，在高校推行学科建设的语境下，显示出新诗研究和批评的中兴。

新诗百年，无论我们接受与否，它已然按照自己的方式存在并发展下来，成为我们无法送还的民族文学遗存。站在新的历史起点上，展望新诗的美好前程，祝愿新诗多出名篇佳作，似乎才是我们今天纪念新诗百年的题中之意。

熊　辉　四川邻水人，教授，博士生导师，主要从事中国现代诗学及翻译文学研究，兼事诗歌评论，现供职于西南大学中国新诗研究所。

烹茶煮雪醉银滩（四首）

彭玉香

（一）

烹茶煮雪醉银滩，漫话春秋玉坠帘。
窗外茗风初绣锦，花前雨露早织笺。
岚烟萦绕乳山顶，草色迷离黄海边。
半剪金枝银翘叶，洋洋洒洒满心田。

（二）

五月蔷薇巧弄弦，烹茶煮雪醉银滩。
尘埃不染枝头梦，碧叶已遮篱上寒。
豆蔻及笄描绣履，耳顺古稀执手尖。
踏月拾得星满串，明灯一盏在秋千。

（三）

仙人桥上古风绵，瘦影如虹揽碧天。
挹水掬泉濯短襟，烹茶煮雪醉银滩。
疏眉可画松涛色，倚海能吟竹箬篇。
一路听风一路赏，海韵缠绵北斗湾。

（四）

垛崮凌霄立海天，奇峰异洞涌清泉。
威茗论就佛儒道，宝镜识得善恶缘。
破雾攀岩迷峭顶，烹茶煮雪醉银滩。
日出月落霞光照，天人玄武自然宽。

吕进小诗观念简论

张 昊

著名诗歌理论家吕进先生从理解诗歌作品、诗学精髓出发，通过对其他各种优秀作品和诗学主张的全面思考，以诗歌视点特征、语言方式为核心，提出并构建了独特而完整的现代诗学体系，也即新诗文体学体系。他的诗学体系以新诗的内部研究为中心，打通中外古今，切近新诗的本质及其发展规律，是对中国诗学所进行的既求实又创新的推进。当代诗人、诗评家阿红认为："吕进，以他对中国古典与现、当代诗歌诗论的广识，以他对世界诗史与著名诗歌诗论的博知，以他对哲学、心理学、创造思维学的理会，以他敏锐的领悟、独立的思考，以他虽不算多却深有体味的创作经验，呕心沥血，运筹帷幄，终于为中国现代诗学创造了一个新的颇是完整的理论体系。"①事实上，吕进先生对于各种诗歌文体都有着自己独特而深入的见解，并且都形成了完整自足的体系，而小诗理论作为吕进诗学体系的重要一环，占有十分重要的地位。在关于小诗的论述中，他不仅对于小诗的源起、形态理论、创作论等各个方面有着十分独特而深入的思考，创造了独特而完整的小诗理论，还拥有大量而丰富的创作与理论实绩。其中他与小诗诗人曾心一起出版的《玩诗，玩小诗——曾心小诗点评》是一本非常独特的小诗点评集，其中创作与点评相得益彰，不仅对于小诗创作具有极高的指

导意义，对于小诗的评论和理论建设也同样具有十分重要的意义。

一、小诗渊源

在对新诗文体的分类中，吕进先生将小诗归入"内视点诗歌"，强调了小诗偏于音乐，偏于状态性的内心描述的特点，认为它可以归入抒情诗的变体或者广义的抒情诗。从现代小诗的源起来说，吕进先生并不简单地将之归于泰戈尔，而追根溯源，重点强调了印度宗教哲理小诗的影响。他认为，"从外国的渊源来看，中国新诗的小诗接受的就是印度宗教哲理小诗的影响。后者在梵文中叫'偈陀'，是佛经中的唱词。一般是出世的，富涵哲理的。"②282另一方面，他通过印度"大诗"与小诗的比较提出，"前者是长篇巨制，注重辞藻和描写，而且是叙事的；后者短小，而且以瞬时性为特色。"②282以此提出了在印度哲理小诗的影响下，中国现代小诗所呈现出的主要特色。但是对于现代小诗另一个常为论者论及的渊源三十一音的和歌和十七音的俳句，吕进先生则不大重视，认为由于各自语言特色的区别，其影响十分有限。"但是由于日本语是多音节的。汉语诗人难学，所以热潮很快便过去了。"②282

另一点比较独特而重要的是，吕进先生认为，相对于域外影响而言，中国现代小诗更流

动着中国民族诗歌的血液。"纵向考察,中国新诗的小诗和《诗经》部分作品、唐及以后的绝句和小令、古代民歌中的子夜歌等明显地有承接关系。"②283他举出了宗白华的例子,宗白华说自己爱写小诗、短诗是受唐人绝句的影响,和日本的俳句相关不大,泰戈尔的影响也不大。从另外的角度,吕进先生说印度小诗和日本俳句都不常用疑问句式,而唐绝句则很喜用这种句式。他先举出唐绝句中的例子,如孟浩然的《春晓》、王维的《杂诗(其二)》、贺知章的《咏柳》、朱庆余《闺意献张水部》这几个运用疑问句式的例子,然后顺理成章地举出冰心的《春水(三五)》和宗白华的《月亮》以及艾青在新时期写的几首使用疑问句式的小诗,从而得出"疑问句几乎成为小诗的基本句式之一"的结论,从另一个侧面证明了小诗与古代诗歌的承接关系。

通过这一系列对于中国现代小诗渊源的论证,吕进先生对于域外影响提出了自己的观念,认为在现代小诗出现的20世纪二十年代初,"此前,从吸收域外营养而言,新诗主要接受的是西方影响,小诗则是转而接受东方影响的标志。"②283而在域外影响之中,相对于日本的影响,来自印度的小诗影响更大,相对于泰戈尔,印度宗教哲理小诗的影响更大,尤其是在小诗的美学特征上。特别有价值的是,吕进先生重点强调了中国现代小诗的民族血脉,从诗人影响和诗体特色上强调了中国现代小诗与中国民族诗歌的承接关系,这与之前论者论及小诗的时候,过度强调印度泰戈尔和日本俳句的影响形成了对比,从而揭示出中国现代小诗同中国民族诗歌的血缘承接,强调出中国现代小诗更具有中国化的一面。

二、小诗理论

正如著名学者蒋登科所言,"吕进的诗学研究是在诗歌史研究和诗歌批评史研究基础上对新诗文体可能及其发展规律的研究,最终确立了对诗歌与其他文学样式的区别、诗歌自身的艺术特征等文体的规律性认识。"③正是吕进先生这种扎实而有新意的研究方法,使得他对于诗歌尤其是小诗的种种理论思考都非常有新意,而且均具有极高的理论价值。

学者傅宗洪认为,小诗的历史价值不仅仅是创造了一种新的白话诗体,更重要的是它为中国新诗的发展开辟了一条新的道路,并以自己独特的艺术精神丰富了中国新诗的美学传统,维护了新诗的生态平衡,而"作为诗评家的吕进,似乎最先意识到新诗发展中的这一问题……"④。吕进先生说,"郭沫若的'女神体'代表了前一个倾向,他以纵横的才气、雄丽的风格名世,劲弩连发、大海排浪式的自由诗在当时引起读者的惊喜。冰心的'繁星体'、'春水体',以精巧隽永的诗行,满足了读者的另一个方面的审美需要。"④283在傅宗洪关于小诗的历史功绩的这一段论述中,大段引述了吕进先生的论述,并以此为基础进行阐发,认为,"这段话是颇有见地的。"④由此可见吕进先生见解的独特和深远的影响。

吕进先生通过对印度哲理小诗、中国小诗的主要代表作,如《繁星》《春水》《流云小诗》和新时期小诗的优秀作品的综合分析,提炼出中国小诗的二个美学特征。首先是"瞬时性",他认为与其他类型的诗相比,小诗的瞬时性更为突出,"它往往表现的是一时的情调,一时的景观,刹那间心态的变迁,瞬时的个人的感应。"②282其次是"哲理性",吕进先生一方面强调小诗常蕴含哲理，表现诗人瞬时间的感悟。另一方面，他又强调小诗中的哲理意蕴有别于哲理诗，"由于时间（瞬时性）、篇幅（简洁性）的制约，小诗的哲理意蕴不宜负载过重。"[②282]最后，吕进先生强调了小诗的"精巧性"，他认为小诗以"小"定位，"景不盈尺而游目无穷"是小诗的目标，因此也导致小诗的每个字都有很重的分量。不过，他强调小诗的简洁并不是深奥，"相反，简洁的小诗总是流畅的，既自然，又隽永。"[②283]

在写作手法上，吕进先生针对多种路数的小诗提出了自己的意见，"有一路小诗长于浅吟低唱，但需避免脂粉气；有一路小诗偏爱哲理意蕴；但需避免头巾气；还有一路小诗喜欢景物描绘，但需避免工匠气。"[⑤]他认为小诗的艺术就是提炼的艺术，"小诗的艺术，正是从'万'取一，从'无限'取'有限'，从'面'取'点'的艺术。"[⑥]而由于小诗抒发的是诗人的瞬间感受，它的落墨点很多，因此小诗在内容上享有极为广阔的空间。小诗的小导致它每个字的作用都很大，分量都很重，也由于字数的局限，"而且，小诗必定要运用暗示，以突破篇幅，带给读者一个广阔无垠的诗的世界。"[⑦]吕进先生认为，"小诗艺术在于小与大、简单与丰富、完成与未完成的融合。"[⑧]小诗对于读者而言是一个未完成的空间，等待读者去创造。没有大的小、没有丰富的简单、没有未完成空间的完成品，不是小诗。吕进先生认为，对于诗人而言小诗的小既是一种制约同时也提供了巨大的机会。而对于读者而言，小诗的小则带来了无穷的审美乐趣。

独特而有价值的是，吕进先生肯定了"分辨小诗与短诗"这一课题，认为这体现出小诗理论的深入，是在更好地把握小诗的诗美特质上的努力，很有理论价值和实践价值。吕进先生认为，"短诗并不一定是小诗"，其区别意义并不在篇幅的长短上，更重要的是小诗独具的艺术特色。"而除了在'短'上与短诗相似以外，瞬时性、哲理性、精巧性的融合是小诗独具的艺术特色。"[②286]在诗人论方面，吕进先生提出了一个现象，"说来奇怪，在中国，染指小诗的年轻人不太多见。小诗的诗人群往往年龄偏大，诗龄偏长。在海外好像也如此。"[⑨8]而对于老诗人倾心于小诗的缘由，吕进先生分析道，"这是老诗人对漫漫人生路的领悟，这是老诗人对诗的'个中三昧'的领悟。"[⑨8-9]"删繁就简三秋树""繁华之极，归于平淡""就简"是诗意的高端，"平淡"是人生的高端，因此，小诗实在是高端艺术。

三、玩诗、玩小诗

《玩诗，玩小诗——曾心小诗点评》是由泰国诗人曾心的诗作和吕进先生针对曾心小诗所做的点评共同组成的一本小诗点评集。共收入曾心小诗160首，每首小诗下面先附上一幅颇有趣味的图片，然后是吕进先生的点评，有的是一条，有的是两条。这三个部分共同构成了一幅非常精妙的小诗图景。在这个丰满的有机系统里，文本、图画、点评互相补充、互相辅助，读者一方面可以欣赏到优美的文本，另一方面又可以通过图画延展、扩充自己的想象空间。更重要的是，借助于同样精妙隽永的点评，读者摆脱了枯燥乏味的理论话语，在浅显有趣的直接性点评中获得了深厚的理论滋养。因此，在读者进入到这一诗学系统的时候，得以更便捷地扩展加深自己对于诗体本身的理解，深入诗体精髓，从而获得全方位、多向度的诗美享受。

吕进先生的点评极具特色，正如曾心所说，"他的点评，我觉得最大的特点，就是'诗内谈诗'、'诗中点诗'，言简意赅，或片言只语，或简短数语，用诗般的语言，如'点穴法'，'点'醒了诗中的眼睛,给人以理论的启示和美的享受。"⑨13这些点评从篇幅上来说,有长有短,短的只有两个字,如《念经》《树的轮回》等。其中《树的轮回》有六行:"从土地长出来/活在蓝天底下/日月是我的父母/星辰是我的兄弟/风雨最了解:/我永久的家在何处"这首诗吕进先生的点评是:"禅意"。一般读者读到这首诗,有可能很难提炼出如此深远的含义,事实上点评正如写小诗一样,恰是在提炼与挖掘的尺寸间见出功力,而曾心禅意诗的一大特点就是以意象表理趣,将浓浓的禅意融入明白又饱含暗示的意象之中。这为读者提供了开阔的想象空间,但是正如悟禅一样,需要沙中识金的金睛火眼,需要妙语真言的"点醒"。这正是吕进先生点评的可贵之处,所以曾心才感叹,"盘点吕进的点评,首先让我出乎意料的是,平时我修炼气功时所悟到的似梦似幻的点滴'悟境',所写下的'出世'小诗,都被选出来点评了。"⑨17由此足见吕进先生的慧眼。当然,对于有的小诗,吕进先生也从不吝惜笔墨,譬如《一线天》,"不知/哪个朝代的好汉/错劈一刀/铁石心肠/便见到天光"全诗只有五行二十二个字,而吕进先生的点评则多达五十九字,"山水诗最忌作应酬山水语。优秀山水诗都是诗人别有想象,别有寄托,山水诗是人文山水。此处的一线天是诗的一线天,有诗人的发现、沉思与创造"。这样的阐发,既是对诗作本身的解读,更是对山水小诗的理论思考,使读者在欣赏小诗的同时,享受到润物细无声的理论滋养。

在吕进先生的点评中,还有一种比较独特,也就是"以诗论诗"。这又包括三种情形。第一种点评本身就是一首精致的小诗,如《一颗星》"满天星斗/爷爷抱着刚满岁的孙子/把着他的小手数星星/数来数去总少了一颗/奶奶笑道:你忘了/去年8月5日那颗星落我家",吕进先生的点评是:"夜空被戳穿了一些洞,露出外面的光亮,它的名字就叫星星。"前面的小诗和后面的

小诗都以星星为题,但是从不同的角度写来,相得益彰,相映成趣,给读者带来另一种美的感受。第二种情况,则是引起他诗以说此诗,在点评中引用其他诗作进行类比,如《雷声》"不许风说话/不许雨说话/刹那/闪电亮相/整个天地/只有一种声音"吕进先生的点评是"想起一首诗:'独坐池塘如虎踞,绿杨树下养精神,春来我不先开口,哪个虫儿敢作声。'这是写'蛙'的。意象虽有别,霸气相类。"第三种情况,点评本身就是一句引用的诗,如《大自然的儿子》"天空下/在地球一方耕耘/闲时/看看地上的花木/累了/瞧瞧天外的飞鸟"点评是"相看两不厌,只有敬亭山"。总归来说,"以诗论诗"的共同特色就是用另一种诗美引起更多的诗美,无论是共鸣还是类比都极大地延展了诗美空间,扩大了读者的欣赏空间,充分做到了"突破篇幅,带给读者一个广阔无垠的诗的世界"的目的。这体现出吕进先生小诗理论中重视读者的一面,也即"优秀的小诗是开放式存在,它等待读者的介入与创造。"⑩

总体来看,吕进先生的点评从整体上呈现出一种"诗话"特色。诗话作为我国传统的理论批评样式,往往并不是系统、严密的理论分析,常常是三言五语为一则,针对创作的具体问题以至艺术规律等各方面问题发表直接性的感悟和意见。这种感悟式批评带有很大的随意性,随心所至而不限形式,从而具有了很高的灵活性,相对于系统的理论分析,这种方式更能避免粗暴的分割和误读,能进一步地贴近灵活多变的创作过程。吕进先生的点评充分体现出了这种特色,表面上随意的点评中蕴含着深厚的理论功底,一方面能更贴近作者的创作本质,揭示出创作背后的理论内涵;另一方面能有效地避免接受壁垒,更有利于读者接受。正如著名学者熊辉所言,"尽管吕进先生'对西方诗学的精蕴不无借鉴',但其中国现代诗学体系不似西方诗学那样用公式和概念去

抽象鲜活的诗歌现象,同时也拒绝对西方诗学美学术语的图解把玩,其领悟性和生动性特征折射出强烈的民族诗学色彩。"⑪由此可见《玩诗,玩小诗——曾心小诗点评》是一部非常有价值的创作,无论是对小诗创作还是小诗批评而言,都具有极高的理论价值和指导意义。

结语

　　小诗理论作为吕进先生诗学体系的一环,不仅涉及小诗的方方面面,还拥有十分厚重的创作实绩,已然构成了完整的小诗理论体系。吕进先生的小诗理论体系秉承其诗学体系的既有传统,无论是对小诗渊源、小诗创作还是小诗评论的论述都在充分吸收域内外诗学理论的丰富营养的同时保持了鲜明的民族特色。在渊源上强调中国传统诗歌的血脉,在批评上体现出领悟性、生动性的民族诗学特色。这些独到而深入的理论思考在小诗理论的很多方面都起到了开掘作用,在深化小诗理论思索的同时也为后学提供了广阔的理论空间,示范了卓越的研究方法。而《玩诗,玩小诗—曾心小诗点评》这部著作更是近年来小诗建设的卓越成果,优秀的诗作与慧眼的点评互为辅助,交相辉映构成了精妙隽永的小诗图景。在这本小诗集的点评中,吕进先生体现出典型而鲜明的民族特色,规避了西方诗学话语公式化、概念化的弊端,最大限度地贴近了诗人创作的心绪状态,而且体现出吕进诗学体系中重视读者的一面。事实上,这种灵活而洋溢着文采的点评本身就是非常优秀的文学创作,有一些更是优美精致的小诗,体现出"诗话"这一传统批评样式的优秀特质。故而这本优秀的著作无论是对小诗创作还是小诗批评来说,都是一部十分难得的作品,在小诗探索的各个方面都有极高的理论指导意义。

注释:

①阿红.一个新体系的建构——序《吕进诗论选》.吕进诗论选.重庆:西南师范大学出版社,1995.
②吕进.现代诗学.重庆:重庆出版社,1991.
③蒋登科.吕进的中国现代诗学体系.涪陵师范学院学报,2003年第19卷第1期.
④傅宗洪.小诗新论.青海师范大学学报(社会科学版),1991年第3期.
⑤吕进.吕进文存(第四卷).重庆:西南师范大学出版社,2009:146.
⑥吕进.吕进文存(第二卷).重庆:西南师范大学出版社,2009:193.
⑦吕进.吕进文存(第三卷).重庆:西南师范大学出版社,2009:276.
⑧吕进.《上善若水》.《重庆晚报》,2011年3月13日.
⑨曾心.吕进.玩诗,玩小诗——曾心小诗点评.台北:秀威资讯科技股份有限公司,2009
⑩吕进.吕进文存(第三卷).重庆:西南师范大学出版社,2009:121.
⑪熊辉.西方美学观念的转换与中国现代诗学体系的建构——论黑格尔对吕进诗学思想的影响.重庆工商大学学报(社会科学版),第28卷第3期.

山居四题

【重庆】黄大宏

（一）

纷纷落花已成尘，
夹路清风送绿荫。
山亭载酒游人醉，
摘得桃李树树金。

（二）

山中何所有？
岭上有白云。
可堪与君共，
细雨隐蝉鸣。

（三）

山中有所思，
思飞若翩跹。
投之以琼琚，
可许揽碧桃。

（四）

把酒送清风，
从容碚城东。
落日正熔金，
烟云几万重。

摩围的夜

【重庆】阮　洁

没有人留意
暮色已从绿荫里悄悄地斜下来

此时，我愿意做一回哑巴
在摩围山
在你的千里之外

一定还有很多的生灵
在陪着我
比如那只长尾雀，比如一些不知名的小虫
再晚一些，泛着银鳞的夜空
愈加静谧，仿佛有着
更多的留白

蜗　牛

【湖北】湖北雪儿

很多时候
你沿着一片树叶的脉络
不自觉地往上爬
找到头顶的那片天空

在那儿唱一首凄美的歌
粘贴灵魂的碎片
那是你的喜好

等你从树上
滑下来的时候
才突然觉悟到

其实守候着
一小块潮湿的泥土
在这里称王
才是最有意义的事

向　暖

【重庆】蒋　艳

风吹着白云的轻盈、负重
和我如此这般地活在世上
身边事向后飞扬
雨水卸下云的深厚
我的内心,陡峭而隐秘如山岳
溪流带走部分泥沙
更多的被劳作覆盖、消化
喂养向暖的肉身
总有延伸的枝蔓刺破云翳

固守的旧念被新意洞穿
如我身处避暑地去感受一分炙热
被炙烤的人们,内心平和的人们
都接受着小片绿荫的安慰
至于年少的记忆
父母的严苛和棍棒
令我胆颤、妄为
犹如突来的暴雨
哗啦啦地涌进深谷

沉默的鱼

【重庆】田金梅

星月的光辉在水面流动
交织的线条画出五线谱
被月色拉长的影子
奏响一支月光曲

机灵的鱼儿用下潜的姿势
慢慢向岸边靠过来

生怕惊扰琴音弹起的波光
会让你把我找不见

鱼儿和我守候着月光
寂静的黑夜升起远方的地平线

端午致屈原

【重庆】凹　汉

唯一以诗歌方式命名的节日
端午——
点燃一炷陈年艾蒿
轻烟披薄纱,香蕈袭美人

温柔之火在缓慢渗透
逐寒湿,温经络
幻现屈原之魂驱邪降魔
超度、永生

用粽叶编织一件高雅青衣
糯米团,喂饱了青鱼
一个个大红枣子
补气,又补血

巨型龙舟从长江划桨至
汨罗江,玉笥山
打捞出众人皆醉我独醒
江水之唤:屈原啊! 屈原——

我是天上一片云

【山西】张　杰

行云和流水是世上最美的意境
可它不会在同一地方发生
我是天上一片云
身体轻盈、御风而行
如影随行、飘落你身
夏季凉爽
冬季温润
四季享受在你温柔惬意的怀中
不信你听
汩汩的水声
是我们欢乐的笑声
可你有时来去匆匆,仅有片刻温存
那我就等
一个世纪又一个世纪
就成了这副我不变的面孔
多数时候你不在
我只有在做梦
我是天上一片云
石头只是我的化身
生命的基因只有一个亿的年份
即有人称它永恒
而我的年龄至少在它后面加上两个零
其实我们都是一个老祖宗
都是在恒星的锻炉里一次次被加工
有时候我想不是谁有义、谁无情
天与地、流水与白云
各自做着自己的本真
在同一世界里
不会有两个化身

敬亭山:给李白

【四川】孙澜僖

叶子一到秋天就会
与大树脱离
我们一到时间就会
别离
只是叶子秋天离开
春天又会归来
但你从那日走后
再也没有回来

当初你说
你会再来
我想,你来时
一定是一袭白衣
但依旧掩盖不了你头上的一缕银丝

一千多年来
也不断有人来看我
也会对我说你当初的那句话
相看两不厌　只有敬亭山

我还会继续等下去
等你亲口对我说

或许那人不是你
但他与你应该有千丝万缕的关系
一旦我应答
也和我有了千丝万缕的关系

本栏目诗词精选自"天生文学"公众号,请在封底扫码关注。